...man 1 reverse
旅立ちの聖職者《クラーヂマン》

contents

profile

アレン・ウォーカー
エクソシストとなる少年。左手が対アクマ武器に変化する。

マザー
イギリスの小さな町の教会に住む老婆。アレンがかつて世話になったらしい。

リーザ
恋人を失ったばかりの女性。墓地でアレンと出会うが……。

reverse 1
旅立ちの聖職者

神田ユウ
『黒の教団』のエクソシスト。日本刀型の対アクマ武器『六幻』で戦う。

ゴズ
『黒の教団』の探索部隊。ダンケルン村へ向かう途中でアクマに襲われる。

ソフィア
ダンケルン村に住む雑貨店店主の娘。神田とゴズを温かく迎えるが……。

コムイ・リー
『黒の教団』科学班室長。有能だが、何をしでかすかわからない科学オタク。

バク・チャン
『黒の教団』アジア支部の支部長。コムイにライバル心を燃やしている。

旅立ちの聖職者《クラージマン》

暗闇の中、突如《とつじょ》スポットライトが差した。同時におどけた男の声が響く。

「さあ、ＡＫＵＭＡ《アクマ》を造りまショー♡」

光の中心にいるのは、シルクハットをかぶった奇妙な男だ。

年齢は不詳《ふしょう》。体をすっぽり包んでいるコートの上からでも、男の腹がでっぷりとつきだしているのがわかる。目は丸眼鏡《まるめがね》に隠れて見えない。子どもをまる飲みできそうなくらい大きい口は両端がつりあがり、笑っているようにも見える。

それだけなら、まだ普通の人間に思えたかもしれない。だが、エルフのようにとんがった長く大きな耳が、彼が普通の人間からかけ離れた存在だと教えてくれる。

ユーモラスだが、どこかおぞましさを感じさせるその姿。

――彼は『千年伯爵』だ。僕は彼を知っている。

千年伯爵はその大柄《おおがら》な体に似合わない、小首をかしげるという可愛《かわい》らしいポーズを取った。

「まず、材料に我輩《わがはい》が造った『アクマの骨組み』と人間を二名用意しまショー♡」

千年伯爵は楽しげに、骸骨《がいこつ》の模型を取り出した。それは明らかに本物の人骨ではなく、人工的な何かで造られていた。

——アクマの骨組み。魂《たましい》を取りこみ、復活させる魔導式《まどうしき》ボディだ。

いけない。それを使ってはダメなんだ。

「人間は、死者Aが一人、生者Bが一人。この二名はとっても深い絆《きずな》で結ばれていて、Aさんが悲劇的な死を遂《と》げているのが理想ですネ♡」

ゆるゆると、粘土で造ったような簡略化《かんりゃくか》された人型《ひとがた》が二つ起き上がった。これが人間の例らしい。胸に『死者A』、『生者B』と記《しる》されている。

「さて、材料が揃《そろ》ったら、まずアクマの骨組みの内《なか》に死んだAさんの魂を呼び戻しまス♡これには絆で結ばれたBさんの『呼び声』が必要でス♡」

BがAの名を呼んだ。天から炎のようなものが降りてくる。どうやらあれがAの魂らしい。

アクマの骨組みにAの魂が入った。

——イヤな……何かイヤなことを思い出すような気分になるのはなぜだ？

千年伯爵は満足げにうなずいた。

「そしてうまく魂を呼び戻せたら、Bさんをサクッと殺しちゃいましょウ♡」

Aの魂が入ったアクマの骨組みが、千年伯爵の声に従ってBにナイフで切りつけた。

「ギャッ」という悲鳴とともに、Bが倒れる。

「さあ、最後の仕上ゲ♡　AさんがBさんの死体に入っテ……♡」

アクマの骨組みがBの口に無理やり足をこじいれた。グチャ、ゴキィという、耳をふさぎたくなるような音が響く。

肉をかきわけ、骨をゆがませ、アクマの骨組みがBの体内に押し入っていく。

――イヤだ。見たくない。こんな光景は見たくない！

「ハイ、待つこと三分♡　Bさんの皮を着た、Aさんアクマの出来上がリ――♡」

虚《うつ》ろな目をし、邪悪《じゃあく》な笑《え》みを浮かべたBが起き上がった。

「うまく造るポイントは、Bさんをちゃんとダマすコトでス♡」

千年伯爵が満足げな笑みを浮かべる。人の愚《おろ》かしさを嘲笑《あざわら》うのがこのうえもなく楽しいと、その笑顔は雄弁に語っている。

――千年伯爵。アクマの製造者であり、この世界を終焉《デス》へと導《みちび》く者。

千年伯爵は消え、また暗闇《くらやみ》が戻った。

――アクマって何だ？

――アクマとは、死者に生き返ってほしいと切《せつ》に願う生者の弱みにつけこみ、更《さら》なる悲劇を引き起こして生まれる者。

——僕は、僕は——。

ぐるりと世界が反転し——。

そして、アレン・ウォーカーは目を覚ました。

アレンは慌《あわ》てて辺《あた》りを見回した。ずらりと並んだ木の椅子《いす》。そこに座ってうとうとしかけている人たちが目に入る。

固い腰かけの感触と、そこから伝わるリズミカルな振動。そしてガシャン、ガシャンと一定間隔で続く機械音。

——ああ、そうか、列車に乗っていたんだった。つい居眠りをしてしまったらしい。

アレンは真っ白い髪をかきあげ、軽く息を吐《は》いた。

インドから船旅を経《へ》て、ようやくイギリスまで辿《たど》り着《つ》いた。その安堵《あんど》感からか、つい気を抜いてしまったのだろう。疲労もかなり蓄積されている。

刺すような視線を感じ、アレンは顔を上げた。

斜め前に座っている年配の女性が、慌てたように視線をそらせた。

アレンは苦笑した。珍しそうに見られるのは慣れている。この童顔に白髪。年齢不詳に見えるのだろう。実際、正確な年齢は自分も知らない。おそらく十五歳くらいというだけで——。

——年齢不詳。そう言えば夢に何か出てきたような……。

だが思い出せない。まあ、いいか。あまりいい夢ではなかった気がするし。

アレンは窓の外に目を向けた。

車窓からはイギリスののどかな田園風景が走り去っていくのが見える。

澄《す》みきった青い空のもと、見渡す限り広がる草原は緑色をした凪《なぎ》の海のようだ。その中にときおり生《は》えている、青葉をどっさりたくわえた木々たちが点在する小島のように見える——。

穏《おだ》やかな、優しい光に満《み》ち溢《あふ》れた光景。またけだるい眠りへと誘われそうだ。

そのとき、ガラス窓にうっすら映る物憂《ものう》げな自分の顔が目に入った。さっきの女性のことを思い出した。髪だけでなく、この左の額《ひたい》から頰《ほお》に縦《たて》に走る傷を気味悪く思ったのかもしれない。

アレンはそっと傷に触れた。大事な、かけがえのない人からつけられたこの傷。そのときのことは、三年前に起きたこととは思えないほど鮮明に思い出せる。

今はもう当時の記憶が蘇《よみがえ》っても、鋭い刃物で胸を切り裂かれるような強烈な痛みは覚えない。深く暗い水底《みなぞこ》にゆっくり落ちていくような、出口のない夜の迷宮を一人彷徨《さまよ》っているような、虚無と孤独を感じるだけだ。

アレンはそっと目を閉じた。

『立ち止まるな、歩き続けろ』

――あんたはいつもそう言っていたね。わかってるよ。僕は立ち止まらない。そう、たったひとりでイギリスまで来たんだ。まずはスタートラインに立つために――。

ずきりと頭のてっぺんに鋭い痛みが走った。思わずうめき声がもれそうになり、アレンは顔を歪《ゆが》めた。そっと頭頂を撫《な》でる。

もう包帯は取れたが、それでもまだ何かの拍子《ひょうし》に頭が痛む。

「師匠にトンカチで殴《なぐ》られてからもう二か月か……」

アレンはアクマ退治専門の聖職者《クラージマン》であるエクソシストになるために、クロス・マリアン元帥《げんすい》のもとで助手をしていた。

元帥とは、エクソシストの総本部である『黒の教団』において、数々のエクソシストを束《たば》ねる重要な地位だ。そう聞くと立派で高潔な人物をイメージしてしまうが、アレンが弟《で》子入《し》りをしたクロス元帥はエクソシストとして有能であるものの、性格は破天荒、行動は支離滅裂《しりめつれつ》と変人の見本のような人だった。

生活費は各地にいる愛人や知人からの借金でまかない、どこか店に入るときは基本的にツケ。金が調達できないときは、アレンがしかたなくギャンブルで稼《かせ》いでいた。

——悪い人じゃないんだけどなあ。

修業の三年間は無我夢中で、あっという間に過ぎた。そして二か月前、滞在先のインドでようやくクロス元帥からエクソシストと名乗ることを許された。

そう、そこまではよかったのだ。

だが、正式にエクソシストと認められるには、ヨーロッパにあるという教団本部に挨拶《あいさつ》に行かねばならない。しかし師匠は本部が嫌いで行きたくなかったらしい。インドにいたことすら隠していたようだ。

行きたくないならないでそう言えばいいのに、なぜ弟子の頭を殴って逃走するのか……。

アレンはもう何度目かわからないため息をついた。

「本部が嫌いだからって逃げるのはいいですけどね……」

——そう、悪い人じゃないんだけど。

「せめて教団本部の場所を教えてからにしてくださいよ……。ヨーロッパのどこかにあるってことしか知らないんですから」

コムイという幹部に紹介状を送ってくれたらしいが、肝心《かんじん》の教団本部に辿り着けなければ意味がない。

殴られて気絶したアレンは意識を取り戻すと、本部の場所を聞くために必死で師匠を捜《さが》した。

しかし教団の情報網をもってすらつかめない師匠の行方《ゆくえ》を追うとは、今考えればなんと無駄な努力をしてしまったのだろう。

師匠の行きつけの店をうっかり訪ねてしまい、ツケがたまっていると脅《おど》されて、バニーのお姉さんたちから身ぐるみはがされ、無一文のままイギリスへ旅立つことになった。

よくここまで来られたものだと思う。

見覚えのある風景が見えてきた。列車が駅に止まる。田舎《いなか》だけあってあまり利用者がいないのか、この駅で降りたのはアレンひとりだった。

アレンが着いたのは、美しい湖があることで有名な町だ。逆に言えば、他には何も特筆すべき点はない田舎町だ。

こぢんまりした駅を出ると、石畳《いしだたみ》の広場が目に入った。その中央にそびえたつ直方体の時計台が、静かに迎えてくれる。

懐《なつ》かしい――。ここに来るのは二回目だが、自分の故郷に帰ってきたような気さえする。

田舎町とはいえ、駅前には商店が軒《のき》を連《つら》ね、それなりの賑《にぎ》わいを見せていた。どこか浮き浮きした気分で、アレンは商店や買い物をする人を眺《なが》めながら道を進んだ。

暖かい日差しを浴びながら商店街を抜けると、目の前に草原が広がった。その中に蜂蜜《はちみつ》色《いろ》の壁をした民家がぽつりぽつり建っている。ゆるやかに蛇行《だこう》している舗装されていない道を、アレンは土の感触を楽しみながら踏みしめた。

街中《まちなか》とは違う、澄んだ空気がアレンを包んだ。鳥のさえずりや、風に揺れる草のざわめきが耳に届く。人の姿はまばらで、都会の喧騒《けんそう》とはほど遠い。

――やっぱり、いいところだよなあ。便利で賑やかな都会も魅力的だけど、田舎にはまた違う良さがある。

アレンは大きく息を吸いこんだ。遥《はる》か遠くまで続く緑色の土地と、何にさえぎられることもない青い空。開放感に満ちている。

「ほら、もう出てきてもいいよ。ティムキャンピー」

コートの胸元からするりと出てきたのは、ハチドリのようにせわしなく羽を動かす奇妙な物体。クロス師匠が自分の代わりにと置いていってくれたゴーレムだ。ボールのように丸い体からは、鳥のような羽が伸びている。そして先が炎のような形になっている長い尻尾《しっぽ》。

ティムキャンピーを見た子どもが驚いて泣き出したので、列車の中では服の中にいれていたのだ。

アレンが今から向かうのは、湖のそばにある小さい教会だ。

そこには師匠のパトロンのひとりであるマザーがいる。彼女なら、きっと教団本部の場所を知っているだろう。

というか、知っていてもらわないと困る。彼女が唯一《ゆいいつ》の頼みの綱《つな》なのだから。

道なりに歩いていくと、少しずつ空気が冷えていくのがわかった。水のある場所、つまり湖が近いということだ。

しばらくすると、とんがり帽子のような尖塔《せんとう》の屋根が見えてきた。続いて古ぼけた木造の教会がその全貌《ぜんぼう》を現す。その奥にある灌木《かんぼく》の隙間《すきま》から澄んだ湖が見えた。――ようやく到着だ。

教会の傍《かたわ》らにある墓地に、大きい岩のような背を向けている男がいた。どうやら墓の手入れをしているらしい。麦わら帽子にオーバーオールという以前と変わらない姿。

マザーの使用人、バーバだ。

懐かしさがこみあげる。アレンはその背中に向かって声をかけた。

「久しぶり、バーバ」

その巨体に似合わないジンジャークッキーのような可愛らしい顔がこちらを向いた。

きょとんとした顔がほころび——バーバが地響きを立てて駆けてきた。

「うおー、久しぶり久しぶり!! いつだ? クロス神父さまと旅に出てからだから、三年ぶりか!?」

「バーバ、落ち着……」

最後まで言えなかった。

避《よ》ける間もなく、アレンはバーバの渾身《こんしん》の体当たりをくらい、吹っ飛んだ。

美しく弧《こ》を描いてアレンは宙を飛んだ。

だが、着地は見事に失敗し、地面に激突した。

その衝撃《しょうげき》と激痛に、ぴくりとも体が動かない。

「……だから落ち着いてって言おうとしたのに……」

——そんなに体全体を使って喜びを表現してくれなくてもいいのに……。

アレンは土の冷たさを感じながら、クロス師匠に喰《く》らった傷が癒《い》えていたことに感謝した。

——本当によかった。ダブルパンチで受けていたら、それこそ墓の下にいる人たちの仲間入りをしたかもしれない。

「あれ？　アレン、神父さまはどうした!?　一緒じゃないのか？」

バーバが不思議そうに辺りを見回した。そしてようやく、地面に倒《たお》れ伏《ふ》しているアレンに気づいた。

「アレン、どうした？　そんなところで寝ると風邪《かぜ》ひくぞ」

バーバがぐいっと腕を引っ張って、無理やり立ち上がらせてくれる。

アレンはよろけながらも、何とか笑顔を浮かべた。

——そう、バーバも悪い人じゃないんだけど。

げふっと軽く血を吐きながら、アレンは答えた。

「……師匠は今ちょっと行方《ゆくえ》不明で……」

「そっか！　マザー！　アレンが戻ってきましたよー‼」

バーバが明るく教会の扉に向かって叫んだ。

ギギィと耳障《みみざわ》りな音が墓地に響いた。

教会の扉が軋《きし》みながら開く。

「アレンだって？」

地の底から響くようなおどろおどろしい声が中からもれてきた。

コツ、コツと杖《つえ》をつきながら、白髪頭《しらがあたま》の老婆が教会から現れた。

アレンの胸元までしかない小柄《こがら》な体からは、男でも怯《ひる》むような恐ろしい鬼気が漂っている。

子どもなら泣き叫びそうだ。反射的に「帰りたい」という思いが胸をよぎってしまう。

「お久しぶりです、マザー」

しわの奥から底光りする青い目に見つめられると、自然に背筋が伸びる。

「ケッ……何しに……」

そう言った瞬間、マザーの折り曲げた腰がぐきっと不吉な音を立てた。

「……しまった、持病のギックリ腰が……」

「えぇっ！」

「もー、マザーはビックリすっと、すぐギックリ腰になっちゃうんスからー！」

「う、うるさいね！　しょうがないだろ！」

　バーバにかつがれたマザーのあとに続いて、アレンは教会の中に入った。

＊

「じゃ、ポーカーでもやるかね」

　すぐに立ち直ったマザーが、テーブルにつくと問答無用でカードを配りだした。

　アレンはマザーのてきぱきした手さばきを見つめた。

　──ここにいる頃は、左手のリハビリをかねて毎日のようにカードをしたっけ。

　マザーとバーバ、そして師匠の四人でテーブルを囲んで──。

　アレンは居間を見回した。今は使っていない大きい暖炉《だんろ》。格子《こうし》付きの窓にかかっているのは古ぼけた薔薇《ばら》模様のカーテン。葉の意匠が美しくほどこされたボードの上には、十字架や燭台《しょくだい》が置かれている。

　──変わってないなあ。

「ほら、さっさとカードを取りな！」

アレンは苦笑した。

――そうそう、ちょっともたもたしていると、すぐにマザーの一喝《いっかつ》が飛んできたっけ。変わっていない。本当に何も変わらない。そのことに驚くほど安堵《あんど》している自分がいた。

バーバもにこにこしながらテーブルにつく。

アレンは配られた五枚のカードを手に取った。

ちらりとマザーを見る。相変わらずのポーカーフェイス。その表情から手札はまったく読めない。

「そんであんた、何しに来たんだよ」

「実はですね……」

アレンはエクソシストとして認めてもらうために教団本部に行かなければならないこと、しかし肝心《かんじん》の師匠が場所も言わずに行方知れずになったことを話した。

「マザーなら、本部の場所を知ってるかと思いまして」

「まあ、あたしゃここであんたの師匠の留守を預かってるからね。知ってるさ、もちろん」

その言葉にアレンは胸をなでおろした。マザーが知らないとなれば、もう手のうちようがないところだ。この二か月の苦労がようやく報《むく》われる——。

マザーがじっと見つめてきた。

「な、なんですか?」

「あんた、本当にエクソシストになるんだね」

「はい」

「覚悟はできてるんだろうね」

「ええ」

——覚悟、か。

アレンはじっと左手を見つめた。

血に染まったような濃《こ》い赤色の、しわだらけの手。手の甲には対アクマ武器である十字架が埋めこまれている。この奇怪な腕を持って生まれたために、僕は親に捨てられた。そしてマナ・ウォーカーに拾われた——。

生まれながら対アクマ武器を宿したこの身。それは宿命だったのかもしれない。

だが僕を駆り立てるのは、運命でも償《つぐな》いでもない——。

アレンは手札を二枚捨て、山札からカードを引いた。

その瞬間、マザーの杖《つえ》が降ってきた。

「あいたっ!」

思いきり手の甲を叩《たた》かれ、アレンは悲鳴を上げた。引いたばかりのカードが、左手からバラバラとテーブルに落ちる。

マザーがゴルゴン三姉妹も顔負けの、恐ろしい形相《ぎょうそう》で自分を見ている。

背筋が凍《こお》る。いっそ石と化したいくらいだ。

マザーの口から、ドスのきいた声がもれた。

「あんた、二枚チェンジだろ。四枚も取るんじゃないよ。その辺のボンクラ相手ならともかく、この私にイカサマが通用すると思ってるのかい!」

「つ、ついクセで……」

うっかりしていた。ここで無理に勝つ必要はないのだ。

「どんな生活をしてきたんだい、あんた」

「すいませんすいません。実は無一文で、ここに来る旅費のためにしかたなく、これで稼《かせ》いできたんです」

アレンはテーブルに頭をこすりつけるようにして平謝《ひらあやま》りした。

「でもアレン、左手うまく動かせるようになったんだなー」

バーバがにこにこ笑って言った。

「ああ……」

そう、前にここに来たときは、左手の神経が麻痺《まひ》しているような状態で、指一本すら思うように動かせなかった。

少しずつリハビリをして、ようやくカードを普通につかめるまでになったのだ。

それが今や、普通の人なら見破られないほどイカサマがうまくなった——。

「でもそれなら別にエクソシストにならんでも、勝手にアクマを倒せばいいのに」

「うん、でも僕ひとりじゃアクマを見つけられる確率は偶然に近いんだよ」

この広い世界を縦横無尽《じゅうおうむじん》に飛び回り、アクマを造りだしていく千年伯爵。

その魔手に対抗するために設立された専門機関、それが『黒の教団』だ。

「情報が欲しいんだ。ローマ教皇直属の軍事機関のエクソシストになれば、彼らの情報網で千年伯爵やアクマの動きがわかる。それにいろんな場所に入るのに、エクソシストの肩書きは便利らしいしね」

「なるほどなー」

バーバが感心したようにうなずいた。

「まあ、あんたがどうなろうと知ったこっちゃないよ」

マザーは突き放すように言うと、カードを集め始めた。

「もー、マザーったらきっついなー」

バーバが眉《まゆ》をしかめる。

マザーの素《そ》っ気《け》ない物言いには慣れている。アレンは気にすることもなく訊《たず》ねた。

「で、本部の場所なんですが……」

「ああ、教えてやるよ」

マザーがにたりと笑った。その笑顔の禍々《まがまが》しさといったら、魔物も裸足《はだし》で逃げだすだろう。

アレンは次の言葉を待った。そして予想どおりの答えが返ってきた。

「ただし、タダとはいかんがね」

――そう、マザーも悪い人じゃないんだけど……。

今日一日で何度目かになるフレーズに、アレンはそっとため息をついた。

＊

夜の帳《とばり》が降り、教会の傍《かたわ》らにある墓地は静寂《せいじゃく》に包まれていた。

そこにひっそりと佇《たたず》んでいるのは、質素なワンピースに身を包んだ女性だった。こげ茶色のやわらかそうな髪はあごの下あたりで切りそろえられている。

彼女は墓標の前で、石になってしまったかのように動かない。

アレンは少し離れた茂《しげ》みの陰《かげ》から、彼女を見つめた。

「あの子だよ」

マザーが耳元で囁《ささや》いてくる。

「あの人がどうかしたんですか？」

背後からのしかかるマザーの重みに耐えながら、アレンは訊《たず》ねた。

「一か月ほど前、病《やまい》で恋人を亡《な》くした子でさ。毎晩グチグチ泣いてんだ」

確かによく見れば、彼女の細い肩が小刻《こきざ》みに震えている。

「名前はリーザ。おまえ、あの子を立ち直らせてやってくれんかね」

「え!?　僕がっ!?」

マザーは当然だというように深くうなずいた。

「そしたら本部の場所を教えてやる」

「エエッ!? それってどういうことですか!?」

「うるさい! ほれ行け!!」

思いきり突き飛ばされ、アレンは茂みから転がり出た。

——心の準備もできてないのに!

訴《うった》えるようにマザーを見つめると、マザーが杖《つえ》を振り上げた。

——行くしかない。

アレンはそっとリーザに近づいた。

「こっ、こんばんは」

アレンはぎこちなく声をかけた。

涙をたたえた大きな茶色の目がこちらに向けられる。

間近で見ると、思っていたより幼い感じだ。二十歳《はたち》は超《こ》えていないだろう。

涙で濡《ぬ》れたリーザの頬《ほお》がひきつった。怯《おび》えた仔猫《こねこ》のように、リーザがゆっくり後ずさりする。

夜の墓地で突然知らない男に声をかけられたら、警戒するのは当たり前だろう。

——誤解を解《と》かなければ！

「あっ、怪《あや》しい者じゃありません！　僕は最近ここに来たばかりの教会の者で……」

必死さが伝わったのか、リーザが動きを止めた。

「修道士さん……？」

「それです、それです」

アレンは力強くうなずいた。黒のコートにズボン、首にはリボンタイという服装からそう判断したのだろう。嘘《うそ》だが警戒されないように、ここはそれで押し通すことにする。

「毎晩ここに来られているようなので気になりまして……。その……大丈夫ですか？」

リーザの表情が凍《こお》った。

そして次の瞬間、リーザが幼な子のように顔をくしゃくしゃにさせた。その大きな目から滝のように涙がこぼれ、頬を伝っていく。

「あ、あの……っ」

女性に泣かれるとどうしたらいいのかわからない。

焦《あせ》るアレンにかまわず、リーザは涙を流しながら話しだした。

「私……このお墓の人の恋人だったんです」

リーザはそっと十字架を見つめた。

「出会ったときには、彼はもう難病で死を宣告されていました。でも私達は愛し合って、残された時間を一緒に過ごそうと決めたんです」

リーザはしゃがむと、愛《いと》しげに墓石を撫《な》でた。

「つらかったけど……彼を愛していたので、最期《さいご》までそばにいてあげたくて……」

果てることなくあふれでる涙をぬぐおうともせず、リーザは続けた。

「お別れのとき、彼は私に『さよなら』と言いました……微笑《ほほえ》みながら。だから、悲しくて泣きたかったけど、私も笑顔で言ったんです。『さよなら』って……」

「それは……つらかったでしょうね」

アレンは、じっと十字架を見つめるリーザに言った。

「ええ……とても。でも、私は彼の死を受け入れました。私がちゃんと幸せに生きなきゃ、彼はきっと天国で悲しむもの」

両手で顔を覆《おお》ったリーザを、アレンはじっと見つめた。

「でもまだ……心の整理がつかないんですね、きっと……」

リーザがこちらを見た。

「彼を看取《みと》ることができたし、後悔《こうかい》はしていません。彼の死を受け入れたつもりだったんです。でも……」

「リーザ！」

男の大声が、墓地に響き渡った。

ドタドタと重い足音を立ててやってきたのは、でっぷり太った中年男だった。

「ドクター」

リーザが驚いたように男を見ている。どうやら知り合いらしい。

——きちんと結ばれたネクタイに仕立てのいい背広、口ひげ。なるほど、医者か。

「捜《さが》したよ。やっぱりここにいたんだね」

はあはあと荒く息をつきながら、ドクターはリーザに笑いかけた。

「心配したよ。家を訪ねたらいないから」

走ってきたらしく、ドクターは汗みずくだった。

「すみません……」

「いや、いいんだよ。無事なら。ん？　きみは？」

ドクターがアレンに目を向けてくる。

「あ、あの新しく来られた修道士さんなんです」

「アレン・ウォーカーです」

アレンがぺこりと頭を下げた。

「修道士さんですか……ずいぶんお若いですな」

ドクターがちょっと驚いた顔になった。

「リーザさんの様子が気になって、声をかけたんです」

「そうですか。彼女は今ちょっと心を病《や》んでましてね。私のところでカウンセリングを受けてるんです。ご心配をおかけしましたが、私が責任を持って彼女を立ち直らせますので
……」

ドクターがそっとリーザの肩に手をかけた。

「リーザ、もう帰ろう。ここにいても彼は戻ってこないよ」

「……ドクター、そのことなんですが」

「ひどい顔じゃないか。ずっと泣いていたのかい？　もう今日は休んだほうがいい。話はまた明日聞くから。いいね？」

リーザが小さくうなずいた。

「じゃあ、アレンさん、失礼します」

ドクターが帽子を軽くあげて挨拶《あいさつ》した。その傍らで、リーザが頭を下げた。

「心配かけてすみませんでした」

「いえ、また何でも聞きますので、いつでも教会に来てください」

アレンは墓地から出て行く二人をじっと見つめた。

*

翌朝、アレンは教会を出た。

「いってらっしゃーい！　ちゃんとその花、渡すんだぞー」

手を振るバーバに、アレンは手にした花束を掲《かか》げて応《こた》えた。

あれからリーザのことが気にかかってしょうがなかった。

恋人を看取《みと》り、その死を必死で受け入れようとしている女性。その姿はけなげだけれど、痛ましくてしかたなかった。

少しでも、彼女の心に対してできることがあれば——。

ドクターの姿が浮かんだ。

――リーザには専門家がついている。僕なんかの出る幕じゃないかもしれないけど、やっぱり放っておけない。

昨晩、マザーにそう言うと、にやにや笑いながらリーザの家の住所を教えてくれた。

――おせっかいな奴《やつ》。そう思われるかもしれないけど。

アレンは住所を頼りに町に入った。

「えーと、三つ目の通りを左に――」

目印になる書店を探していると、見覚えのある男が向こうから歩いてきた。

昨晩、墓地にリーザを捜《さが》しにきたドクターだ。買い物帰りなのか、紙包みを手にしている。

ドクターはきょろきょろと辺《あた》りをうかがうと、公衆電話に向かった。その怪《あや》しい素振《そぶ》りがどうもひっかかり、アレンはさりげなく近づいた。

公衆電話の隣にある書店の前に行くと、適当な新聞を手にとって耳を澄《す》ませる。

「ああ、私だ。わかってる！　金は期日までに必ず振り込むから！」

ドクターが必死の形相《ぎょうそう》で受話器に向かって叫んでいる。

昨晩の落ち着いた様子からは想像できないうろたえぶりだ。

――借金をしているのか？　相手は金貸しだろうか。

アレンはそっと新聞の端《はし》から様子をうかがった。

苛々《いらいら》するのか、ドクターが足を小刻《こきざ》みに揺らしている。

「わかってる！　明後日《あさって》だろう？　金の入る当てはあるんだ！　ああ、残りの分をそっくり返してやるから！　だから病院に来るのはやめてくれ。わかったな！」

ドクターが、がちゃんと乱暴に受話器を置いた。

ふうっと疲れたようにため息をつく。

「……うるさい高利貸しめ」

ドクターはぞっとするような恨《うら》みのこもった声でつぶやいた。

昨晩、リーザに向けられた優しい声とは大違いだ。

――なんだ？　この変貌《へんぼう》ぶりは。

そのとき視線を感じたのか、ドクターがこちらを見た。

アレンは慌《あわ》てて新聞で顔を隠した。

しばらくすると、チャリンチャリンと小銭《こぜに》を入れる音がした。

「もしもし……はい、私です。すいません、何度も。お忙しいのに」

ドクターが受話器を持ちながらぺこぺこと頭を下げている。

——別の金貸しへの電話だろうか。かなりの借金があるんだな。

さっきの電話先よりも気を遣《つか》う相手なのか、ドクターの顔には汗が浮いてきた。

「例の件ですが、すっかりお待たせしてしまっていて。ええ、今日、今日じゅうにはきっと片づけますから。そのときにはすぐにお電話させていただきますので！」

ドクターは受話器を置くと、ガンと近くの壁を蹴《け》った。

「くそう、リーザの奴が強情《ごうじょう》をはるから！」

——リーザ!?

思いがけない言葉にアレンは声を出しそうになった。

なぜ、彼女の名前が？

ドクターがせわしない足取りで通りに消えていった。

——リーザはもしかしたら、ドクターに金を貸すよう脅《おど》されているのだろうか？

そんなふうには見えなかったけど。

もやもやしたものを胸に抱《かか》えながら、アレンはリーザの家に向かった。

＊

リーザの家は町の中心から少し離れた住宅街にあった。赤い屋根が可愛《かわい》らしい、こぢんまりした木造の古い家だ。

昨晩会ったばかりの女性の家を訪ねるのは緊張する。しかも彼女は泣いていたのだから、気まずさも倍増だ。

——でも、放ってはおけない。

アレンは軽く深呼吸するとドアをノックした。

「はい？」

シンプルなワンピースを着たリーザが顔を出した。

そして、笑顔になった。

「あ、昨日《きのう》の修道士さん……アレンさんですよね？」

どうやら覚えてくれていたらしい。アレンはホッとした。

「突然お訪ねしてすいません。昨晩のことが気になって……」

「そうなんですか。心配をおかけしてすみません」

リーザがにこりと笑う。まだその目はうっすら赤いけれど、その笑顔には屈託がなかった。

「あ、もしよろしければお入りになります？　ちょうど紅茶をいれようと思っていたところなんです」

「そうですか。じゃあお言葉に甘えて……。あのこれ、どうぞ」

アレンはバーバが持たせてくれた花束を渡した。バーバが庭で育てているという、淡《あわ》いピンク色の自慢の薔薇《ばら》だ。

「わあ、ありがとうございます。きれいですね。すぐに花瓶《かびん》にいけます」

リーザの無邪気《むじゃき》な笑顔に、胸がちくりと痛んだ。しかたのないことだとはいえ、修道士だと嘘《うそ》をついているのだ。

家に入ると、紅茶のいい香りが鼻をくすぐった。

「どうぞ、テーブルについていてくださいね。すぐに用意しますから」

「はい」

食器棚《しょっきだな》からティーカップを出すリーザに頭を下げ、アレンは椅子《いす》に腰かけた。

手持ち無沙汰《ぶさた》なので、部屋を見回してみる。カーテンやテーブルクロスは明るいクリーム色を基調にしている。リーザのイメージにぴったりの、穏《おだ》やかな明るい部屋になっていた。

よく見ると、窓は鏡のように磨《みが》き上《あ》げられ、床にはほこり一つない。

「素敵なおうちですね」

「ありがとうございます」

そのとき、アレンはテーブルクロスにぽつぽつと透明の染《し》みがあることに気づいた。そして、丸められたハンカチがあることも。

——また、恋人を思い出して、ひとりで泣いていたんだろうか。

お湯をポットにそそいでいるリーザを、アレンは痛ましい思いで見つめた。

そのとき、アレンは棚に写真立てが飾られていることに気づいた。いちばん手前の写真には、ベッドの上に横たわるパジャマ姿の青年に寄《よ》り添《そ》っているリーザが写っている。

「やつれてるでしょ」

アレンはびくりとした。トレイを手にしたリーザがそばに立っていた。

「もうその頃、ベッドから起き上がれなくて……」

——では、この写真の青年があの墓の主《ぬし》なのか。

テーブルに紅茶の入ったカップがそっと置かれた。リーザが向かいに座る。

「昨晩は本当にすみませんでした」

「いえ、こちらこそ、急に声をかけたりして……」

アレンはさきほどの、ただごとではないドクターの様子を思い出した。

「ところで、あのドクターとはどういうご関係なんですか？　ずいぶん、親身になってくれているようですが」

「実は私、看護婦をしていて……今働いている病院のドクターなんです。私……彼がいなくなってから、ずっと悲しくて。ドクターが、それは心の病《やまい》だからカウンセリングをしてあげると言ってくれているんです」

「そうなんですか……」

昨晩のドクターの過保護なまでの言動が浮かんだ。

「あ、あの、そのカウンセリングって高いんですか？」

ドクターは近々、大金が入るような口ぶりだった。そしてそれに、リーザが関《かか》わっているらしいことも言っていた。

リーザがきょとんとした。

「え？　いえ、お金は要《い》らないと言ってくれて……いつも頑張って仕事をしてくれているから、って」

「そうなんですか……。えーと、あのドクターから借金の申し込みとか、されていたりしますか？」

「いいえ、まさか。私なんか身寄りもなくって、ひとりで暮らすのが精一杯ですから。あの、もしかしてアレンさん、病院の噂《うわさ》を聞かれたんですか？」

「え？」

「最近、病院の経営がうまくいってないらしくって、潰《つぶ》れるんじゃないかって噂があるんです。ドクターに聞いたら大丈夫だと言っていたんですが、心配で」

「あ、えーと、そういうわけではないので。すみません、変なことを聞いてしまって」

アレンは笑って誤魔化《ごまか》した。

病院の経営が危ないという噂は本当かもしれない。それなら、借金していることも説明がつく。それに、病院の電話ではなく、わざわざ公衆電話で話していたことも。

——だが、なぜそこにリーザの名前が出てきたのだろう？　彼女は何も知らないようだが。

またあとでマザーに聞いてみるか。今はリーザのことを考えよう。

「恋人さんとはどこで知り合ったんですか？」

「勤務先の病院です。私が看護婦として働き出したとき、もう彼——レニーは入院していました。最初は看護婦と患者として接していたんですが、だんだんお互い惹《ひ》かれあって……」

リーザは立ち上がると、棚の写真を手に取った。アレンも立ち上がり、リーザと一緒に写真を眺《なが》めた。

「レニーはまだ二十一歳なのに、驚くほど穏やかに自分の運命を受け入れていました。余命がわずかと宣告され、心が揺らがない人はいません。私はどんな言葉を投げつけられようと、受け止める気でいました。でも彼はいつも泰然自若《たいぜんじじゃく》としていて、慣れない仕事に落ちこむ私を励《はげ》ましてくれさえしました……」

「体は弱っていても、心は強い方だったんですね……」

リーザがそっとうなずいた。

アレンはその隣に飾られている写真を手に取った。そこにはリーザと恋人の他に、もうひとり栗色《くりいろ》の髪をした若い女性が写っていた。笑顔の素敵な人だ。

「この人は？　お姉さんですか？」

「いいえ、先輩の看護婦のサラです。彼女はずっと私たちを見守ってくれていたから、私のことをすごく心配してくれているんです。……サラも二か月前に恋人を亡《な》くしたばかりでつらいときなのに」

「え！　そうなんですか!?」

「ええ。リチャードさんという靴職人で。町に出たときに暴走した馬車に轢《ひ》かれてしまったの」

リーザの目から涙がこぼれた。

「すごく優しい人で、サラとはいいカップルでした。二人とも仲がよかったので、よく三人で遊びに行ったりしたんです」

「それは……サラさんだけじゃなく、リーザさんもつらかったでしょうね……」

恋人だけでなく、友人まで喪《うしな》っていたとは。それも続けざまに——。

どんな人間でも参《まい》ってしまうだろう。

「私はまだ……いいんです。付き合いはじめたときから、レニーとの別れは近いと覚悟をしてましたから。でも、サラは突然、将来を誓《ちか》いあった恋人を喪って……どんなにつらかったかと思うと」

アレンはそっとハンカチを差し出した。

「すみません、私、泣いてばっかりですね」

「泣きたいときは泣いたほうがいいです。大丈夫、ハンカチならたくさんありますから」

新しいハンカチを見せると、リーザが微笑《ほほえ》んだ。

「そうだ、昨日、墓地で何か言いかけてましたよね」

「え？」

「『受け入れたつもりだけど』のあとに何か言おうとしていませんでした？　あの僕でよければ何でも聞きますので。言うだけで、少し楽になることもありますし」

リーザの顔が歪《ゆが》んだ。その目から涙がこぼれ落ちた。

「……こんなこと、言えない……」

「そんな！　言ってみてください！」

だがリーザは首を横に振り、うつむいてしまった。

その細い手が、スカートを強く握《にぎ》る。

「彼に……会いたい」

しぼりだすような声だった。

ぽたぽたと床に涙が落ちる。

かける言葉もなく、アレンはただリーザを見つめるしかなかった。

「ごめんなさい……心配してきてくださったのに」

リーザが涙をぬぐい、ようやく顔を上げた。

「いいえ、僕こそ、押しつけがましいことを言ってしまって……」

彼女はこうやって一日中、亡き恋人を思い出してはひとり涙にくれているのだろうか。

──このままじゃ、つらすぎる。

「……リーザさん、今から何か用事はありますか？」

「いえ……夕方にドクターの診察がありますけど、それまでは特に……」

「じゃあ、町を案内してもらえませんか？」

「え？」

突然の申し出に、リーザが戸惑《とまど》ったような顔をした。

──つらいとき、外に出て、環境を変えて気分転換するのもひとつの手だ。

あのとき師匠が僕をマザーのところに連れてきてくれたように。

アレンは続けた。

「あ、あの、僕、インドからイギリスに来たばかりなんですよ」

「インド？　そんな遠くからいらしたの？」

リーザが驚いたように目を見張った。

「ええ……遠かったです」

ここまでの長い道のりを思うと、ふっと目頭《めがしら》が熱くなる。

いや、今はそんなことはどうでもいい。

「早くこの町に馴染《なじ》みたいんですよ。それで、もしよければ案内していただけないかと」

「そう……ですね。わかりました」

少し迷ったようだが、リーザはうなずいてくれた。

「わあ、よかった。ありがとうございます！」

ぺこりと頭を下げると、リーザが笑顔になった。

「どこか行きたいところとか、見たいものはありますか？」

「ええと、そうですね……」

そのとき、部屋にゴゴゴゴゴという低い音が響いた。

「あら、こんなに天気がいいのに雷かしら」

リーザが不審《ふしん》げに窓の外を見た。

アレンは顔を赤く染《そ》めた。

「……すいません、僕のお腹《なか》の音です」

「あ、あら……私ったら」

リーザが慌《あわ》てて口を押さえる。

「えーと、まずはおいしいものを売っているお店を教えてもらえると嬉《うれ》しいです……」

「わかりました。じゃあ、駅前の商店街に行きましょう」

二人は家を出て、商店街に向かった。

「すごくおいしいパン屋さんがあるんです。今の時間なら、ちょうどパンが焼きたてじゃないかしら」

「いいですねー。行きましょう、早く行きましょう」

アレンは殊更《ことさら》明るく言ってみた。

商店街の石畳《いしだたみ》の道に入ると、リーザが指を差した。

「あの赤と白の縦《たて》じまのひさしのお店です」

近づくと、パンを模《も》した看板が見えた。『ベンズ・ベーカリー』と書かれている。

「オーナーのベンさんはロンドンで修業をしたこともあって、すごくおいしいパンやスコーンを作るの」

扉を開けて中に入ると、香ばしいにおいが鼻をくすぐった。

棚にところ狭しと並べられたパンに、目が吸い寄せられる。

「どれがいいかしら?」

「ええっと、そうですね」

さすがに全部、というわけにもいかない。しかし、どれもおいしそうで目移りしてしまう。

「お薦《すす》めはありますか?」

「そうね、お腹がすいているみたいだし、サンドウィッチはどうかしら? チキン、チーズ、ハムがあるけど」

「サンドウィッチはイギリス生まれですもんね。楽しみだなあ」

「そうよね。せっかくイギリスにいらしたんだから、名物を食べなくっちゃ。あ、じゃあスコーンもどうかしら? 食べたことある?」

「いいえ。なんですかそれ？」

——前にここに来たときは、そんなしゃれたものは食べさせてもらえなかった……。

「外はこんがり、中はふっくらした焼き菓子よ。イギリスの代表的なお菓子なの」

「わあ、いいですね。あ、ジャムなんかも売ってるんですね」

赤やオレンジや濃《こ》い紫色など、鮮《あざ》やかな色彩のジャムの瓶《びん》が棚に並んでいる。そこだけ花が咲いているかのような華《はな》やかさだ。見ているだけで幸せな気分になる。

リーザもそう感じているのか、声が明るくなった。

「全部地元の新鮮なフルーツから作られてるの。そうね、スコーンに合わせるならベリー系かしら。それにクロテッドクリームをつけると最高！」

「クロテッドクリームってなんですか？」

耳慣《みみな》れない言葉にアレンは訊《たず》ねた。

「生クリームっぽいバターって言ったらわかりやすいかしら。焼きたてのさくさくのスコーンに、ジャムと一緒にたっぷり塗《ぬ》って食べるのよ」

アレンは口に唾《つば》がたまってくるのを感じた。想像するだけでおいしそうだ。早く味わってみたい。

「いらっしゃい、リーザ。可愛いお連れさんね」

レースキャップをつけた、赤いストライプのエプロン姿の美女がカウンターの中から微笑みかけてくる。

「ナンシーよ。ベンの若奥さん。ナンシー、こちらは教会の新しい修道士のアレンさん」

「よろしくね」

ナンシーはリーザと同い年くらいだろうか。頬が彼女の幸せを象徴《しょうちょう》しているかのような薔薇《ば ら》色《いろ》をしている。

「今日はサラは一緒じゃないの？」

「ええ。サラは今日、仕事なの」

「大変よね、看護婦の仕事は。あんたもサラも、よくやってると思うわ。それに比《くら》べて、あのドクターはイマイチね」

——ドクターがどうしたんだろう。そう言えば、紙包みを持っていたな。この店で買い物をしてから電話をかけにいったのか。

アレンはナンシーの話の続きを待った。

「何にいらついてるのか知らないけどさ、子どもに当り散らすのはやめてほしいものね」

「どうかしたの?」

「今朝《けさ》、いつものようにパンを買いに来たのよ。そのとき、隣のダニーがさ、ドクターの足にぶつかったのよ。そしたら『このクソガキが! 服が汚《よご》れるだろうが!』って怒鳴《どな》りつけて。可哀想《かわいそう》に。ダニーはまだ五つなのよ」

「ごめんなさい……」

リーザがうつむくと、ナンシーは慌てたように言った。

「あんたが謝《あやま》ることじゃないわよ! でも仮にも医者なんだからさ、人徳者であってほしいわね。ところで注文は何?」

「スコーンとブラックカラントジャム。それからクロテッドクリームね。サンドウィッチを三種類包んでくれる?」

「毎度ありがとうございます。クランベリーのスコーンをおまけしておくわね」

「あら、悪いわ」

「あんたにじゃないわよ。新顔の彼に」

ナンシーがいたずらっぽくウィンクしてくる。アレンはどぎまぎしてしまった。

店を出ると、リーザがにこりと笑いかけてきた。

「アレンくん、モテるのね」

「な、何を言ってるんですか！」

アレンが慌てると、リーザがくすくす笑った。

「ナンシーってすごく理想が高くて、いろんな男性から求婚されても見向きもしなかったの。ベンは一か月間、毎日パンと薔薇を贈ってようやくデートしてもらったんだから。それなのに、アレンくんは一目で彼女を射止《いと》めるなんて。ベンが知ったら大騒ぎよ」

「そ、そんな。え、ええっとどうしよう」

おろおろしたアレンは、リーザがふきだすのを堪《こら》えていることに気づいた。

「……からかったんですか？」

「ええ、まあ。でも、ナンシーがアレンくんのことを気に入っているのは本当よ」

アレンは、リーザがいつの間にか友達に対するようにくだけた口調になっていることに気づいた。

リラックスしているようだ。思いきって誘ってみてよかった。

「サンドウィッチにスコーンか……」

リーザが何か思案しているようだ。

「どうしたんですか？」

「ええ、この組み合わせだし、せっかくだからアフタヌーンティーをしようかなと」

「アフタヌーンティーってなんですか？」

「お茶と軽食を楽しみながら、ゆっくり午後を過ごすイベントよ」

「へえ、優雅《ゆうが》でいいですねえ。ぜひやってみたいです」

「そう？　それなら紅茶も必要ね。紅茶屋さんに行きましょう」

「紅茶の専門店があるんですか？」

「もちろんよ。ここは紅茶の本場、イギリスなんだから」

リーザの浮き浮きした様子に、アレンも楽しくなってきた。彼女は泣き顔なんかより、笑顔でいるほうがずっといい。

「嬉《うれ》しいなあ、アフタヌーンティーなんて久しぶり」

「そうなんですか？」

「ええ、いつもサラとリチャードと三人でやっていたんだけど……」

リーザは言葉を濁《にご》した。リチャードが事故死して以来、お茶会は開いていないのだろう。

「紅茶は何が好みかしら。アッサム？　それともダージリン？」

「さっぱりわかりません。お任《まか》せします」

「じゃあ、アッサムのミルクティーにしましょう」

紅茶のお店に入ると、樽《たる》を思わせるどっしりしたおばさんが両手を広げて迎えてくれた。

「あら、リーザ。こりゃまた可愛い坊やを連れてるじゃないの。ボーイフレンド？」

おばさんが笑う。

「やだわ。教会の新しい修道士さんよ。アッサムのミルクティーを二人分、ポットにいれてくれないかしら」

「ふうん、修道士なのかい。それにしても細っこい子だねえ。あんた、もっとしっかり食べないと。男は体が資本だろ。リーザ、あんたももっと肉をつけないと。ほら、これも持っていきな」

おばさんはポットと一緒に大きい包みをカウンターにどんと置いた。

「ローストビーフだよ。張りきって作ったっていうのに、ウチのが昨日飲みすぎたとかで食べられないとさ」

「せっかくだけど、スコーンとサンドウィッチをたくさん買ったの。二人じゃこんなに食べられないわ」

「いただきます」

アレンは間髪《かんはつ》いれずに答えた。

「え？」

アレンの言葉にリーザが目を見開いた。

「でもアレンくん、こんなに大きいローストビーフなのよ？　スコーンだって食べきれるかどうかわからないし……」

「大丈夫です。ぜんぜん問題ありません。僕、こう見えてもかなりの大食いなんですよ」

おばさんが腹をたたいて豪快に笑った。

「面白《おもしろ》い子だねえ、気に入った！　日曜のミサが楽しみだよ！」

紅茶のポットを差し出したおばさんが、ふっと真顔《まがお》になった。

「そういや、サラは元気にしてるのかい？」

「ええ。どうして？」

「いや、あの子、リチャードが死んでから一度も店に来てないんだよ。ウチのアールグレイを気に入ってくれて、週に一度は通ってくれてたんだけど……」

「夕方に病院に行くから、ちょっとサラに聞いてみるわ」

「そうかい。それならこれを渡しておくれ」

おばさんが紙袋にティーバッグをいれて、リーザに渡した。

彼女がリーザを見る目は、まるで母親のように優しかった。

「おいしい紅茶は心を癒《いや》してくれるもんだ。……ウチの紅茶が少しでも役に立てばいいんだけどね」

「ありがとう。サラもきっと喜ぶわ」

リーザが大事そうにポットと紙袋を抱《かか》えた。

「楽しんできな！」

おばさんに笑顔を向け、二人は店をあとにした。

「いいところですねえ、ここは」

「そう？」

「ええ、すごく人が温かくて……おいしい食べ物がたくさんあって、それになんといっても美女が揃《そろ》ってます」

アレンの言葉にリーザがふきだした。

「そのセリフ、おばさんに聞かせたら、きっと紅茶を樽いっぱいにいれてくれるわよ」

商店街を抜け、町外れまで来ると、リーザが灌木《かんぼく》の茂《しげ》み沿《ぞ》いにある小路《こみち》を歩き出した。

「ちょっと登り道になるけど、大丈夫?」

「ええ、リーザさんこそ。荷物を持ちましょうか?」

「こう見えても看護婦よ。寝たきりの患者さんを抱き起こしたりするんだから。腕力も体力もあるわよ」

しばらく道をのぼっていくと、小高い丘のてっぺんに着いた。

「わあ……」

そこからは遥《はる》か遠くまで広がる牧草地や、なだらかに波打つ緑色の丘陵《きゅうりょう》が見渡せた。

澄んだ風がときおり、髪をなぶる。

「気持ちいいでしょう?」

「ええ、すごく」

「サラとリチャードの三人で、よくここに来たのよ。……レニーも連れてきてあげたかったけど、彼は病室を出ることができなかったから」

そっとリーザが声を詰まらせた。

「春には菜の花が咲き乱れて、黄色のカーペットが広がるわ。夏が近づくと、草や葉は緑色を深めていく。そして、ターセルフラワーやアザミ、オグルマが色鮮《いろあざ》やかな花を咲かせるわ――」

リーザが近くで群生している紫色の花を摘《つ》んだ。

「きれいでしょう？　これはブルーベルっていうの」

「ええ」

「ここに来るたびに、レニーに花とか何かおみやげを持って帰っていたの。病室から動けない彼にも、季節の変化や外の空気を感じてほしくて」

風が大きく吹くたびに、眼下の緑色のじゅうたんが波打つ。

――ああ、本当に緑色の海原のようだ――。

美しい、心を揺さぶる光景。自分の大事な人に見せてあげたくなる。

マナ――。

「リーザ、僕も大事な人を喪《うしな》った経験があります」

アレンはいつの間にか口を開いていた。

リーザがじっとその賢《かしこ》そうな茶色の目を向けてくる。

「マナという名で、義理の父です。僕は……幼いころ親に捨てられて、マナに拾われました。血のつながりはないけれど、彼は僕を育て、愛してくれました。かけがえのない大事な人です。彼が死んだとき、僕は食事もとらず、眠りもせず、ただ涙を流す人形のようになりました。そして、生き返ってほしいと愚《おろ》かにも願ってしまいました――」

――その報《むく》いとして、僕は呪《のろ》いを受けた――。

アレンはそっと左目に手をやった。

「……どうやって立ち直ったんですか？」

リーザがおずおずと訊ねてきた。

「手を差し伸べ、行くべき道を指《さ》し示してくれる人がいたから」

赤い髪をしたエクソシストの顔が浮かぶ。

『エクソシストにならないか？』

――あの日から僕は目標を得、ただひたすらそれに向かってきた。そして、いつの間にか再び笑えるようになっていた。

「今でもマナのことを思い出すのはつらい。でも同時に幸せなんです。楽しかった思い出があるから。死んでしまった今も、彼は僕の支《ささ》えになっています。だからこうして笑っていられる。生きていける――」

ひときわ強い風が吹いた。

リーザの手にあった紫色の花がふわりと飛んだ。花はゆらゆらと風に翻弄《ほんろう》されながら、ゆっくり丘の下へと消えていった。

リーザがそっと自分の手を握った。

「そうね……彼と過ごした日々までもが消え去ってしまったわけじゃない。大事な人との思い出は、きっといつまでも私の中にある」

「ええ、きっと」

アレンとリーザは微笑みあった。リーザがポットを手に取った。

「お茶にする?」

「ぜひ!」

リーザが渡してくれるミルクティーを飲み、スコーンを口にしながら、アレンは飽《あ》きることなくイギリスの自然に見惚《みと》れ続けた。

*

空が次第《しだい》に赤みを帯《お》びてきた。

リーザがはっとしたように立ち上がった。

「あ、そろそろ病院に行かなきゃ。ドクターの診察があるんだった」

「じゃあ、病院まで送ります」

アレンはきっぱり言った。

あのドクターの苛立《いらだ》った口調。リーザをひとりで病院に帰すのは心配だ。

「そんな、わざわざ……」

「せっかくだから、もっとイギリスの散策をしたいんです。付き合ってください」

おどけて手を差し出すと、リーザが微笑《ほほえ》んだ。

「ええ、じゃあお願いします。あ、ちょっと待って」

アレンの手をとりかけたリーザが、コートの袖《そで》に触れた。

「袖のボタン、とれかけてるわ」

「あ、ほんとだ」

左袖のボタンが頼りなげに垂れ下がっている。

「すぐつけますから、脱《ぬ》いでください」

「え、でも……」

「私、お裁縫《さいほう》得意なんですよ。あっという間につけちゃいますから」

にっこり笑うリーザに、ついアレンも笑顔になった。

「……じゃあ、お願いします」

リーザがスカートのポケットから小さい裁縫セットを取り出した。慣れた手つきでボタンをつけてくれる。

「ありがとうございます」

「はい、できた」

そっと黒いコートが差し出された。

「ありがとうございます」

アレンはコートを羽織《はお》った。気のせいか、さっきよりコートは温かく感じられた。

*

病院は商店街から二つ道をへだてたところにあった。

石壁でできた二階建ての真新しい建物で、広々とした庭には大きい林檎《りんご》や桜の木が植えられていた。

見る者を落ち着かせ、くつろがせる雰囲気がある。

「立派な建物ですね」

「ええ、そうでしょう。こんな田舎町《いなかまち》には珍しいくらい設備も整《ととの》っているの」

少し誇《ほこ》らしげにリーザは言った。

アレンは複雑な思いでうなずいた。

——これだけの病院を造り、運営していくには相当なお金がかかるはず。ドクターはいったい、どうやって金を調達するつもりなのだろう。

病院に入るとリーザがぺこりと頭を下げた。

「送ってくれてありがとう。私、これからカウンセリングだから」

「じゃあ、僕はこれで。今日は楽しかったです」

「私こそ……今日は付き合ってくれてありがとう」

受付に向かうリーザを、アレンはじっと見送った。

何かを吹っ切った表情を見せたリーザ。今夜、彼女は墓地に現れないような気がする。

——そう思うのは楽観的すぎるだろうか。

「リーザ!」

弱々しい声だったが、リーザはきっぱりと言いきった。

その瞬間、ドクターの表情が一変した。

怒《いか》りと苛立《いらだ》ちに満ちた顔は、さっきまでとはまるで別人のようだった。その目は冷たくリーザを見つめている。

本性《ほんしょう》を現したドクターが、その太った体からは想像もできないような素早さでポケットから布を取り出すと、リーザの口に押し当てた。

「ドクター!?」

驚きもがくリーザを、ドクターは冷たい顔で見下ろした。

「泣き虫がねばりやがって……もう限界だ！　お前の同意なんてどうでもいい」

布には薬がしみこませてあったのか、リーザの目が虚《うつ》ろになっていく。

「もうずいぶん『あの方』を待たしちまっているんだ！　暗示にでもかけて無理にでも協力させてやる！」

リーザの目がゆっくり閉ざされた。

その体からは力が抜けていき――崩れるようにベッドに倒れこんだ。

呼吸を荒らげながら、ドクターはベッドの脇《わき》にある電話をかけ始めた。

「くそう、サラのときは簡単だったのに。手間取らせおって！」

――これまでだ。

アレンは窓を叩《たた》きつけるように開けると、部屋に飛びこんだ。

突然の闖入者《ちんにゅうしゃ》に、ドクターが呆然《ぼうぜん》と立ちすくむ。

「千年伯爵にお電話ですか？　ドクター」

「な……」

ドクターの手が、すばやく背広の内ポケットの中に入った。

アレンは床を蹴《け》った。

ドクターが拳銃を取り出した瞬間、アレンは一気に距離を詰め、その手首を握った。

あいている左手でドクターの首をわしづかみにする。

ドクターの喉《のど》がひくり、と鳴った。

その顔はひきつり、こめかみからは汗が流れた。

ドクターの手首をひねると、あっけなく拳銃が床に落ちた。アレンは拳銃を素早くベッドの下に蹴りこんだ。

「あなたのような人間のことを聞いたことがありましたよ。多額の報酬《ほうしゅう》と引き替えに、ア

クマの『材料』を用意する、千年伯爵の協力者……」

千年伯爵――人の心を弄《もてあそ》び、果てには兵器《オモチャ》にする者――。

ドクターの首をつかんだ手に力がこもっていく。

「そう、『ブローカー』と呼ぶんでしたっけ？」

「な、なんだお前？」

ドクターがガタガタと震えだした。

「千年伯爵を知っているのか!?　まさかアクマ？　彼の使いか!?」

アレンは冷《ひ》ややかにドクターを見つめた。

――どうやらドクターは僕を敵であるエクソシストではなく、千年伯爵の使いだと思っているらしい。

否定せずに黙っていると、ドクターは勝手にぺらぺら話し始めた。

「き、期限を破ったのは悪いと思っている!!　男のほうが……なかなか死ななくて……」

――医者なら、死《し》に際《ぎわ》に遭《あ》う確率は高いだろう。なるほど、死ぬ前から目をつけていたというわけだ。

アレンが沈黙を続ければ続けるほど、ドクターは必死になった。

「私なりにいい『材料』を渡そうと頑張ったんだ‼　女に怪《あや》しまれないよう少しずつ毒を盛《も》って……死期を早まらせて……」

——死期を早まらせた、だと？

アレンは耳を疑った。

「最高の悲劇を演出した！　このふたりなら伯爵もきっと気に入ってくださるだろう‼」

——熱い。煮《に》えたぎる怒《いか》りがこみ上げてくる。

「悲劇なんかじゃない。彼女はちゃんと受け入れてる」

自分のものとは思えない、低い声が聞こえる。

「あなたが邪魔《じゃま》してるだけだ。立ち直ろうとする彼女の心を」

手の力が緩《ゆる》まない。ぎりぎりと指が喉に食いこむ。ドクターが悲鳴を上げた。

そのとき、ドアが勢いよく開けられた。

中に入ってきたのは看護婦の白衣を着たすらりとした女性だ。長い栗色《くりいろ》の髪——写真に写っていた女性、サラだ。

「その手を放しなさい！」

サラがキッとこちらを睨《にら》む。

アレンは憐《あわ》れみをこめてサラを見つめた。

事故で恋人を喪《うしな》った女性。彼女が最近、いきつけの店に現れなくなったのはそういうことだったのか。

——突如《とつじょ》、恋人を喪って……甘言《かんげん》にのってしまったのか。

「あなたも……ドクター、いえ伯爵に造られた犠牲者《ぎせいしゃ》ですか」

アレンは目の前にいる、『骸《むくろ》と化した哀《あわ》れな男の魂』を見つめた。

「何を言ってるの？」

「僕の左眼はアクマに内蔵された魂が見えるんです。大切な人をアクマにした代償《だいしょう》として得た能力《ちから》です。あなたは……サラの皮をかぶったアクマだ。リチャードさんですね、サラの死んだ恋人だという」

「黙れ！」

サラの顔つきが変わった。

放射状のしわが目の周囲にめきめきと音を立てて浮かぶ。それは見る見るうちに顔全体に広がっていった。

その青い目からは血の涙が流れている。もとが美しい女性だけに、その変貌《へんぼう》ぶりはより無惨《むざん》だった。

サラの体がブルブルと震えだした。

何度も見た、この光景。悪性兵器――アクマが人間の皮を脱ぎ捨てる瞬間。

キン、と澄んだ金属質の音が部屋に響いた。

首を鎖《くさり》で繋《つな》がれた『リチャードの魂』が一瞬姿を見せ――。

サラの体、いや皮が一気にはじけた。待ちかねていたかのように中から次々とコードや機械の部品が飛び出し、その体を覆《おお》っていく。

人間と機械が融合《ゆうごう》する、おぞましい光景――。

悲劇によって造《う》まれたのは、歪《いびつ》で巨大なボール型の悪性兵器だ。

人工的なその姿の中央には、かろうじて女性とわかる顔が浮き出ている。元がサラだとわかる唯一《ゆいいつ》の証《あかし》だ。

アクマは、銃で撃たれてもまったくダメージをうけないほどの硬質ボディを誇る。人間の通常攻撃では太刀《たち》打ちできない。

そして高い防御力だけでなく、手に負えないほどの攻撃力も兼《か》ね備《そな》えている。ボール型の体からいくつも突き出された円筒形《えんとうけい》のキャノン。ここから弾丸が発射される。

アクマの中央に据《す》えられたサラの青い目が、ぎろりとこちらを見た。

――来る！

キャノンが火を噴《ふ》いた瞬間、アレンは床を蹴《け》って宙を舞った。

体をかすめたアクマの弾丸は、容赦《ようしゃ》なく床や窓や壁をぶち破っていく。凄《すさ》まじいまでの破壊力だ。

窓を突き破った弾丸が、庭にある木に当たった。

木の幹にあっという間に五芒星《ペンタクル》が浮き出る。アクマの血のウィルスに侵《おか》された証だ。

そして葉を生《お》い茂《しげ》らせていた立派な木が、ガラスのように砕け散った。

生物を破壊するアクマの毒――。

ドクターの悲鳴が耳に届く。

その大きい体をちぢこまらせるようにして、ドクターが部屋の隅《すみ》で震えていた。

悪運が強く、弾丸は当たらなかったらしい。

再び、アクマが弾丸を撃ち出した。

雨のように降りそそぐ弾丸をよけながら、アレンは一回転してベッドの上に着地した。

リーザは眠ったままだ。このままでは彼女が被弾《ひだん》してしまう。

――一気に決着をつける！

アレンは左腕をそっと胸元に持ち上げた。

――対アクマ武器を発動！

「僕に宿る十字架よ。アクマを破壊する力を――」

左手の甲に埋めこまれた十字架がまばゆい光を発した。光はそのまま稲妻のように上腕へとかけのぼる。

次の瞬間、アレンの左腕が鎧《よろい》に覆われたかのように硬く変化した。みるみるうちに腕はアレンの体と同じくらい大きくなり、指は猛禽類《もうきんるい》の爪のように鋭くとがる。

アクマを破壊するために存在する神の兵器――それがこの左腕だ。

アレンは悪性兵器と化したサラを見つめた。

「あなたは死んだ人を深く愛しすぎて、その悲しみに耐えられなかったんですね。あなたは悪くない。だが、間違ってしまった。救いを求めてはいけない人の手を取ってしまったんです」

――三年前の僕と同じように。

それは取り返しのつかない悲劇なのだ。

伯爵にとらえられ、兵器としてしか生きることができなくなる。

アレンはそっと目を閉じた。

——僕にできるのはこれしかないんです。

哀れな魂に救済を。

「リチャード、サラ、今、解放します」

アレンは巨大化した左腕を高く掲《かか》げた。

——苦しまないよう、一撃で倒しますから。

アレンは高く跳《と》ぶと、左腕を斧《おの》のように振り下ろした。

アクマの体に左手がずぶりと食いこむ。

中央に据えられたサラの顔が、驚いたように目を見開いた。

「今度こそ、安らかに眠ってください……」

アレンは左手に力をこめ、思いきり引き裂いた。

アクマの体が真っ二つに分かれたかと思うと、その中に捕《と》らえられていたリチャードの魂が飛び出した。

彼の首にかかっていた鎖が粉々になり——。

リチャードは一瞬穏《おだ》やかな表情を見せ、消え去った。

次の瞬間、アクマの体が爆発した。

人型《ひとがた》の魔導式《まどうしき》ボディが姿を見せ、ゆっくり燃えていく。

——おやすみなさい、サラ、リチャード。

アレンはじっと自分の左手を見つめた。

「うっ、うわあああ、化け物！」

ようやく金縛《かなしば》りが解《と》けたのか、ドクターが転がるようにしてドアに走っていった。

アレンは動かなかった。いや、動けなかった。

悲劇につけこみ、サラをアクマにし、リーザまでも千年伯爵への貢《みつ》ぎ物《もの》にしようとしていた男。

——許せはしない。できるなら……。

左手がぐぐっと持ち上がる。まるで自分の思いに反応するかのように。

——抑《おさ》えろ、抑えるんだ——。

アレンは必死で心を落ち着かせ左手の発動を解いた。

——ドクターは人間だ。僕のこの手は人間を殺すためのものじゃない。アクマを破壊するためのものだ……。

ドクターがノブに手をかけようとした瞬間、ドアが向こう側から開いた。

「この恥知らずがー!!」

マザーの鉄拳がドクターの顔面に炸裂《さくれつ》した。

アレンは足元に吹っ飛んできたドクターを呆然《ぼうぜん》と見つめた。

ビヤ樽《だる》のような男を、小柄《こがら》な老婆が殴《なぐ》り飛《と》ばす。この目で見なければ現実だとは思えない。

「あんたがブローカーだったとはね。その腐《くさ》った性根《しょうね》を叩《たた》き直《なお》してやるよ」

マザーは鼻血を垂らして気絶しているドクターの襟首《えりくび》をがっしりつかんだ。

「あ、あのマザー、どうしてここに？」

「あんたの帰りが遅いから気になって見に来たんだよ。そしたらこのザマだ」

マザーはアレンに手を差し出した。その指には折りたたんだメモがはさまれていた。

「はいコレ。本部の場所だよ」

アレンはマザーからメモを受け取った。

「まったくイヤな世の中だよ」

マザーが遠い目をした。

「……まさかサラがこんなことになっていたとはね。しかもリーザまで狙《ねら》われていたなんて。……あんたが来てくれてよかったよ。まあ、あとは任《まか》せな。ちゃんと罪は償《つぐな》わせるよ」

マザーがじっと見つめてきた。

「なぜ、こいつを見逃《みのが》そうとしたんだい？」

アレンはその視線に耐えられなくて、顔をそむけた。

「こいつが人間だから？　あんたは甘いね。……その甘さがいつかあんたを窮地《きゅうち》に追いやるだろう……。覚悟はできてるんじゃなかったのかい？」

アレンは一言もなくうつむいた。

「敵は千年伯爵とアクマだけじゃない。ブローカーのような、人間でありながら千年伯爵に与《くみ》する者は少なからず存在するんだよ。中にはドクターのように金目当てではなく、もっと積極的に人間を抹殺《まっさつ》し、この世界を滅《ほろ》ぼしてやろうと考える者もいるかもしれない。そんな奴《やつ》と相対《あいたい》したとき、おまえはどうするんだい？」

アレンはそっと唇をかみしめた。

——エクソシストとしてアクマと戦う覚悟はできている。

だが、僕に人間が殺せるだろうか。

たとえ自分の命が危《あや》うくなったとしても、相手を殺すときっぱり言いきれない――。

「すみません……」

「この馬鹿野郎がー!!」

思いきり顔を殴られ、アレンは吹っ飛んだ。ハンマーか何かで殴られたのかと思ったが、マザーは拳《こぶし》を握り締めているだけだ。やはり老女の力ではない。

「おまえはまだまだ全ッ然弱い!! エクソシストになるんだろうが! そんなんでこれから千年伯爵との死闘を乗り越えていけると思ってるのかい!?」

アレンは殴られた頬《ほお》を押さえたまま、マザーを見つめた。

「自分を大事にできない人間が他人を大事にできるわけがないだろう! おまえはただアクマを『壊す』ためだけにエクソシストになろうとしてるのかい!?」

アレンは返す言葉もなくうつむいた。

沈黙が流れた。その時――。

「リーザのように本当の強さをもってエクソシストになりなさい」

その慈愛《じあい》に満ちた聖母のような声に、アレンは驚いて顔を上げた。マザーがいつもと同じぶすっとした顔で自分を見ていた。

天邪鬼《あまのじゃく》な——だが、自分を大事に思ってくれる人。

温かいものが心に満ちる。

——僕はまだ頑張れる。こういう人たちがいる限り。

「はい……そうですね。リーザは強かった」

アレンはそっと袖《そで》のボタンに手をやった。

ゆっくりベッドに近づくと、アレンはリーザの寝顔を見つめた。

リーザは穏やかな寝息をたてている。その目尻《めじり》から、一筋の涙がこぼれていた。

アレンはそっと指で涙をぬぐった。

*

だだっ広い部屋に電話のベルがいくつも鳴り響き、不協和音を奏《かな》でている。

うずたかくつまれた電話たちに囲まれているのは千年伯爵だ。

彼は近くの電話をとった。

「モシモーシ?♡」

しかし、受話器からは何も聞こえてこない。

「チェ、なんですか、かけてきておいテ。もうこの人とは契約打ち切り！♡」

伯爵は電話を無造作《むぞうさ》に放り投げた。

「ブローカーなんていくらでもいますもんネ♡」

伯爵はベルを悲鳴のように鳴らし続けている電話のひとつを手に取った。

「はいモシモシ、伯爵でェース♡　エッ、いいのが入っタ？♡」

伯爵はちらりと壁を見た。

そこにずらりと並べられているのは、人型《ひとがた》の魔導式《まどうしき》ボディだ。何体かには『予約済《ずみ》』の紙が貼《は》ってある。

彼は満足げな笑《え》みを浮かべた。

電話のベルは大合唱を続けている。

この電話のベルが鳴《な》り止《や》むのは、人類、もしくは伯爵が滅ぶときだろう。

アクマ製造者である千年伯爵と、神の使徒、エクソシスト。

世界の命運を賭《か》けた両者の戦いは、もう始まっている——。

魔女の棲む村

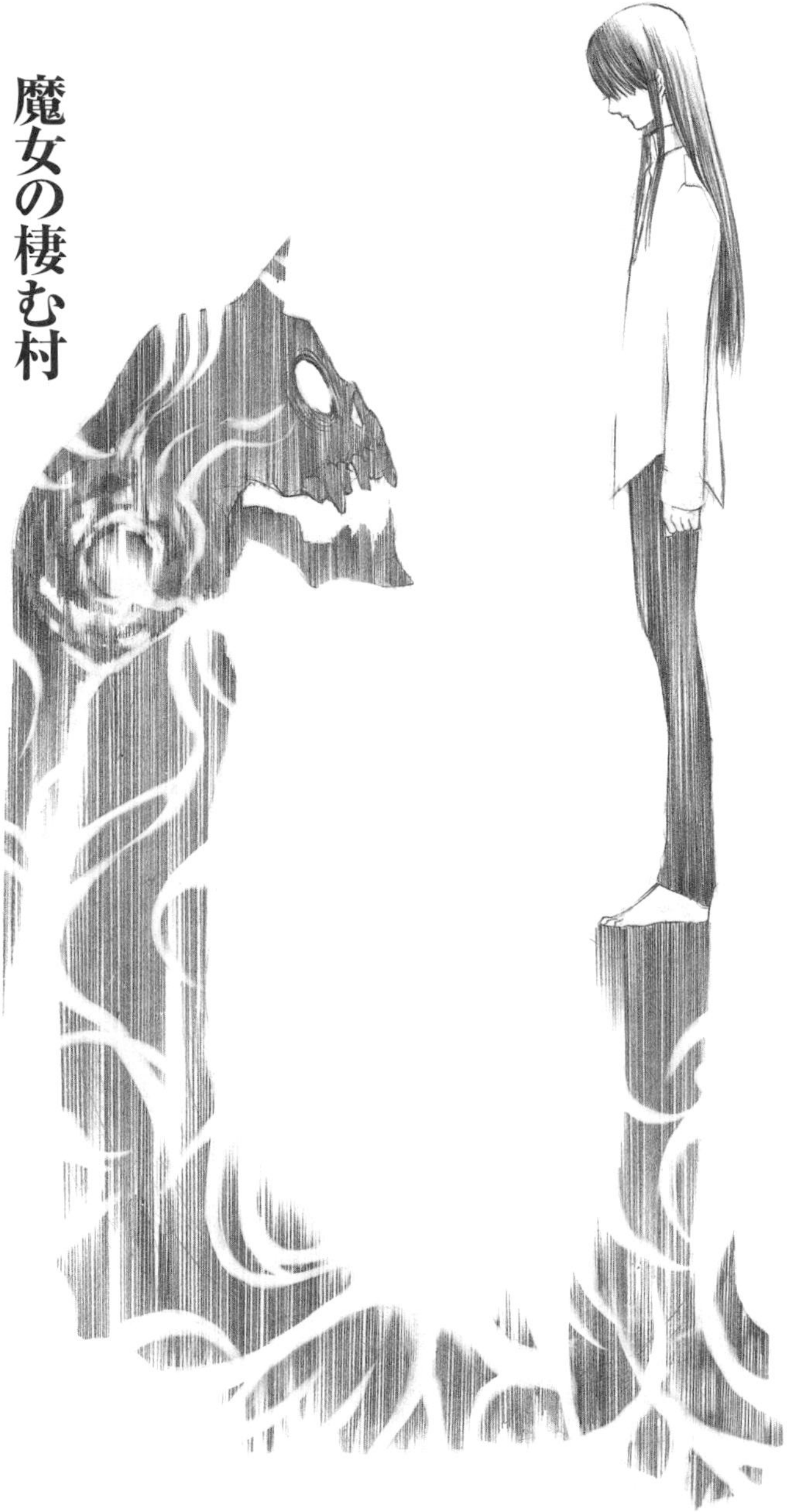

神田ユウはベッドに腰をかけたまま、透明な羊水《ようすい》の中に浮かぶ蓮《はす》の花を見つめた。

蓮の花は一見、大きい砂時計のように見える特殊な装置の中に入っている。

台は鈍《にぶ》い金色をした金属でできており、ガラスの中には砂ではなく羊水が満たされている。台の最上部には炎状のものがゆらゆらと揺らめいている。

教団内にあるこの自分の部屋で、自分が私物として唯一《ゆいいつ》置いているもの。

羊水の底には花弁が二枚沈んでいる。

だが昨日《きのう》と変わらず、蓮の花は生き生きと咲《さ》き誇《ほこ》っている――。

目覚めたらまず、この蓮の花を確認するのが日課となっている。

そのとき、いきなりドアが激しくノックされた。

「神田《カンダ》！　起きてるか!?」

聞き覚えのある男の声。早朝から元気なことだ。

神田は長い黒髪を高く結《ゆ》いあげると、ベッドから立ち上がり、ドアを開けた。

そこに立っていたのは、明るい茶色の髪をした長身の若い男だった。科学班の班長、リーバー・ウェンハムだ。

リーバーは少し驚いた表情になった。朝五時にきっちりエクソシスト用の黒いコートを着ているとは思わなかったのだろう。

だがリーバーはそのことに言及《げんきゅう》せず、用件を告《つ》げた。

「神田、コムイ室長が呼んでる。すぐに司令室に行ってくれ」

「コムイが？　任務か？」

「ああ、急ぎらしい」

こんな朝一番から呼び出すのだ。かなり急を要するに違いない。神田はすぐさまコムイのいる司令室に向かった。

教団本部の建物は、ヨーロッパの北部という土地柄《とちがら》と、きりたった崖《がけ》の上に建っているという立地条件が重なって、早朝は底冷えがする。

神田は足早に、馬車でも通れそうな広い廊下を突き進んだ。

そのとき、探索部隊《ファインダー》の人間とすれ違った。調査を仕事とする彼らは、直接アクマと対峙《たいじ》するエクソシストに畏怖《いふ》をこめた目を向けてくる。

——特に自分には。

任務を遂行《すいこう》するためには仲間すら見捨てる冷血人間。教団内で、そう評されているのは知っているし、それは事実だ。

司令室に着くと、神田は軽くノックをして入った。

まず目に入るのは、壁一面におさめられた膨大《ぼうだい》な資料だ。はるか高みにある天井まで届くような書棚《しょだな》が、壁を覆《おお》うようにして置かれているのだ。そのせいか、広々とした空間のはずなのに奇妙な圧迫感がある。何も知らない者が見れば、図書室か書庫だと思うだろう。

――いや、こんなに散らかった図書室はないか。

神田は足の踏み場もないほど紙類が散乱している床を見つめた。

この部屋の主《ぬし》の頭の中を象徴《しょうちょう》しているようだ。さまざまな知識をぎっしり詰めこんではいるものの、傍目《はため》にはきちんと整理できずに混沌《こんとん》としている。何が飛び出してくるかわからない。

今更《いまさら》気にすることもなく、神田はずかずかと紙の上を歩いて、部屋の奥にあるコムイのデスクに向かった。

部屋と同じくらい散らかったデスクの前に、コムイは座っていた。

「悪いね。朝早くから」

薄く笑顔を浮かべる男を神田はじっと見つめた。

コムイ・リー。黒の教団のサポート派――科学班や探索《たんさく》班など――を束《たば》ねる室長だ。

見上げるような長身の中国人で、まもなく三十歳になろうとする実年齢より、少し老成した雰囲気がある。だがその実、科学オタクで、子どものように好奇心旺盛《おうせい》で無邪気《むじゃき》な一面も持っている。

科学班をはじめ、部下からは厚い信頼を寄せられている。しかし、容赦《ようしゃ》なく膨大《ぼうだい》な量の仕事を押しつけるときは、彼らの目に殺意が浮かんではいるが。

どことなくおっとりした雰囲気をかもし出しているコムイだが、こと仕事となると眼鏡《めがね》の奥の目は鋭い刃物のような光を帯《お》びる。今のように。

「今度の任務はどこだ」

「ドイツだよ」

コムイが壁にかけてある地図を指《さ》した。

「ドイツ北部にある、森林地帯のダンケルンという村なんだが、最近、その村に行った人が帰ってこないらしいんだ。『帰らずの森』という噂《うわさ》が立っていてね。イノセンスによる奇怪現象の可能性があるので、探索部隊《ファインダー》を三人、調査に向かわせた。二日前のことだ」

イノセンスとは『神の結晶』と呼ばれる、不思議な力を帯びた物質のことだ。アクマを倒すための対アクマ武器も、イノセンスを素《もと》に造られている。復活し、再び世界を破滅させようとしている千年伯爵の野望を阻止《そし》するため、世界各地に飛散し眠っているイノセンスを、教団は必死で回収している。

イノセンスはその不思議な力により、奇怪な現象を起こす。そのため、不可思議な現象が起こっている場所があれば、教団は徹底的に調査をしている。

「ダンケルン村は森の奥にあるんだが、探索部隊《ファインダー》はその森の手前にあるミッテルバルトという町から、目的地に向かうという連絡が入ったのを最後に消息不明だ」

コムイの目が鋭さを増した。

「これが細部の地図になる」

コムイが本の山の上に一枚の地図を置いた。

「ドイツに着いたらまずミッテルバルトに向かってくれ。森には一本道があり、谷に着くと古い石の橋がかかっている。橋を越えれば、ダンケルン村だ」

コムイがじっと地図に目を落とした。

「この森がどうにも引っかかるんだけどね。古来、森には不気味な伝説がつきものだから……。まあ、そんなことはともかく、森を通るときは気をつけて。何かがいるかもしれない」

神田はうなずいた。

森。そこはドイツに限らず、神聖な場所であり、同時に恐ろしいものが棲《す》んでいるとされている。

——だが、俺には関係ない。俺はアクマを倒すだけだ。

「では、今すぐドイツへ向かい、探索部隊《ファインダー》の救出に当たってもらいたい」

「わかった」

神田は足首まで届く黒い団服を翻《ひるがえ》し、司令室を出た。

*

ドイツ北部の町、ミッテルバルトへ着く頃にはもう昼を過ぎていた。日が暮れる前に森を抜けなければならない。

町の外《はず》れに行くと鬱蒼《うっそう》と葉の生《お》い茂《しげ》る森が見えてきた。

——あれが、『帰らずの森』か。

森の近くに来ると、神田《カンダ》は道行く老婆にダンケルン村への道を聞いた。

「あの村へ行くのかい？」

老婆は露骨に嫌悪《けんお》の表情を浮かべた。

「あそこは昔からイヤな噂《うわさ》のある村なんだよ」

「イヤな噂?」

「ああ。『魔女』が棲《す》んでいて、道に迷った子どもを捕まえ、喰《く》っちまうのさ」

神田はまじまじと老婆を見つめた。その顔は真剣そのものだ。

――この時代に魔女? 馬鹿らしい。田舎《いなか》だけあって迷信深いことだ。

コムイが森に関する伝説を口にしかけたことを思い出した。

――もしかしたら、この魔女伝説について何か言おうとしていたのかもしれないな。

「悪いことは言わない。『魔女の村』に興味本位で近づくのはやめな」

「ダンケルン村に行くには一本道があると聞いてるんだが」

神田が帰るそぶりを見せないので、老婆はふかぶかとため息をついた。

「しょうがないね。あそこに『ダンケルン村』って立て札があるだろう? あの道をまっすぐ行って森を抜ければ、村に着くよ」

「わかった。手間を取らせたな」

立ち去ろうとする神田の背に、老婆が声をかけた。

「でもあんた、本当に行くのかい？」

「ああ」

「あの村は最近、人が帰ってこないって言われてるんだよ。つい二日前にも三人組の男が森に入っていったが、戻ってきていない」

「その三人を探しに行くんだ」

「ああ……」

老婆の顔に諦《あきら》めが浮かんだ。戻ってこられるといいがね。そう小さくつぶやくのが聞こえた。

＊

神田《カンダ》は立て札の横を通り、深緑の森に足を踏み入れた。

昼間だというのに、その森はどこか夜の気配を漂わせていた。天を覆《おお》うようにみっしりと葉を茂《しげ》らせた木々が、自分を静かに見下ろしている。木々はまっすぐ天に向かって伸びていた。

重く、暗い森。まるで巨大な生き物の腹の中にいるような、そんな気分だ。

鬱蒼《うっそう》とした森の小径《こみち》を、神田はひとり黙々と歩き続けた。

人の気配というものがまったくない。もちろん、探索部隊《ファインダー》の姿は影も形もない。

失踪《しっそう》した探索部隊《ファインダー》はこの森で何かトラブルに巻きこまれたのだろうか？

それとも村に辿《たど》り着《つ》いてから、何か不測の事態が起こったのだろうか。『魔女の村』と呼ばれるダンケルン村で。

村の手前にあるという谷はまだ見えてこない。

ひたひたひた――。

常人には聞き取れないであろう、ひそめた足音が近づいてきた。

――殺気だ！

神田が振り返った瞬間、斧《おの》をふりかざす男が目に入った。シャツに茶色のベストを着た、木こり風の若い男だ。

よけざま、神田は背中にしょった日本刀――六幻《ムゲン》――を鞘《さや》から引き抜き、男の腹を峰打《みねう》ちした。

「ぐうっ！」

男が苦悶《くもん》の表情で、のたうちまわる。そして、その目がカッと見開かれた。

顔面にビキビキと音を立てて血管がうきあがる。そして男の体が小刻《こきざ》みに震え始めた。

——こいつはアクマか！

アクマとは千年伯爵によって造られた、人間の魂《たましい》と機械を融合《ゆうごう》させた兵器だ。人間の死体を被《かぶ》っているが、ひとたび正体を現せば、エクソシスト以外には倒せない厄介《やっかい》な悪性兵器となる。

男は今まさに死体の皮を脱《ぬ》ぎ捨《す》てようとしている。

神田は指を二本立てると、六幻の刀身にそっと当てた。感電したかのようにビリッと音がし、指を当てた部分が発光する。

——イノセンス発動。

そのまま一気に切っ先まで刀身を撫《な》で上《あ》げると、六幻が一瞬光を帯《お》びた。

六幻はただの日本刀ではない。刀型の対アクマ武器なのだ。

六幻を構《かま》えた瞬間、男の皮が弾《はじ》け飛《と》んだ。そして中から、腐《くさ》った果実のようなボール型のアクマが飛び出した。その体からは円筒形《えんとう》のキャノンがいくつも突き出している。

「銃器攻撃のアクマか……」

まだ進化していない、初期レベルの基本型だ。

――ならば、これで充分！

神田は六幻でアクマを一気に斬《き》り裂《さ》いた。弾丸をも撥《は》ね返《かえ》すアクマの硬質ボディも、対アクマ武器の前では柔《やわ》らかい肉のようだ。アクマは地に落ちると、あっけなくその体を飛散させた。ダークマターでできたその体は塵《ちり》も残さず、消え去った。

「ふん……」

神田は六幻を鞘におさめた。

――なるほど、村へ行く道にアクマがいたのか。こんなふうに急に襲《おそ》われては、普通の人間であればほとんど抵抗もできずに殺されるだろう。

帰らずの森の正体はこれだったのか――。

そのとき神田の耳に、かさりという木の葉を踏む音が届いた。神田は再び六幻を抜いた。

「誰だ！」

「こ、殺さないでください！」

牛でも絞《し》め殺《ころ》せそうな太い腕、しかしその腕を上げ、情《なさ》けなく降伏のポーズをとっているのは、二メートル近い大柄《おおがら》な若い男だった。

燃えるような赤毛が暗い森の中で、かがり火のように浮き上がって見える。その大きな緑色の目は恐怖に揺れていた。

神田はその男が探索部隊《ファインダー》用の白いフード付きの団服を着ていることに気づいた。

「おまえ、探索部隊《ファインダー》の人間か？」

「は、はい、ゴズといいます。その長い黒髪に日本刀……エクソシストの神田さんですよね？　助けに来てくれたんですね。ありがとうございます！」

ゴズがその大きい体を折るようにして、ふかぶかと頭を下げた。

「仲間が二人殺されて……それからずっと逃げ回っていました」

「何があった？」

情けない奴《やつ》だ。舌打ちをして、神田は訊《たず》ねた。

「この一本道を進んでいたとき、さっきの男に襲われたんです」

死んだ仲間のことを思い出したのか、ゴズはぐっと唇《くちびる》をかみしめてうつむいた。

「ほんと、一瞬の出来事でした。俺たち探索部隊《ファインダー》ではかなわなかった……」

神田は分厚《ぶあつ》い筋肉でおおわれたゴズの体を見つめた。

――見かけ倒しのウドの大木か。まあ、相手がアクマであればしかたがない。イノセンス武器を扱《あつか》えない人間では太刀《たち》打ちできない。

「命からがら逃げたけど、俺、もうどうしようかと。……情けない。目の前で仲間が殺されたのに、一人で逃げてあげくに迷ってしまうなんて」

「黙れ」

神田は鋭く言った。

「え」

「新手《あらて》が来た」

神田は六幻を構えた。

いつの間にか、四人の男が周《まわ》りを取り囲んでいた。うまく気配を隠して近づいたものだ。ゴズの話に気を取られ、周囲への注意を怠《おこた》ってしまった。

四人の男たちは、それぞれ大ぶりの鉈《なた》や斧を手にしている。

彼らはどんよりした表情で包囲の輪を縮めてきた。

――先ほどの男のことを考えると、こいつらもおそらくは……。

「なんだ、おまえら」

返事の代わりに、四人がほぼ同時に斬りかかってきた。

予想どおりだ。真正面の敵の首を飛ばし、その勢いで振り向きざま、もう一人を肩からまっすぐ縦《たて》に斬った。

悲鳴を上げた男たちの体が、派手に爆発していく。消え去る寸前に一瞬見える魔導式《まどうしき》ボディ。

――やはりこいつらもアクマか！

「ひいっ！」

飛び散る血にゴズが悲鳴を上げる。いちいちうるさい奴だ。

うなりをあげる斧の一撃を屈《かが》んでかわし、神田は下から六幻をはらった。男の体が真っ二つになり、そして爆発した。

――残り一体！

「た、助けてくださーい」

情けない声に振り向くと、喉《のど》に鉈をつきつけられたゴズが目に入った。背後には血走った目をした男がいる。

「動クナ！　コイツヲ殺スゾ」

どこかぎこちない喋《しゃべ》り方。やはりこいつも人の皮をかぶったアクマのようだ。

男は殺意のこもった青い眼でこちらを見据《みす》えた。ゴズがすがるような眼差《まなざ》しを向けてくる。

「……好きにしろ」

「え？」

大男の口がぽかんと開いた。ゴズも男とそっくりの間抜け面《づら》をしている。

「好きにしろと言ったんだ」

六幻を構えた瞬間、男がゴズを思いきり前方に突き飛ばした。

よろけたゴズの巨体が目の前に迫《せま》る。

——チッ！

神田は反射的に六幻を振り上げ、刀がゴズに当たるのをよけた。そのせいで一瞬、動くのが遅れた。

「うわあああ！」

悲鳴を上げながら、ゴズが真正面から覆いかぶさってくる。自分よりふた回りは大きい体の重みに耐えられず、神田は地面に倒れた。

すぐさま起き上がろうとするが、重くて持ち上がらない。

「馬鹿、どけ！」

「すっ、すいません！」

ゴズがなんとか立ち上がったときには、男の姿は影も形もなかった。形勢不利と見て逃げたらしい。

「ちっ……」

「すいません、ほんとすいません」

大きな体を縮ませて謝《あやま》るゴズに、神田は目も向けなかった。

——逃がしたか。村に行ったかもしれない。

「行くぞ！」

「えっ、はい！」

駆け出した神田のあとを、ゴズが必死で追った。

＊

邪魔《じゃま》する者は現れず、二人は谷にかかる石橋を越え、村の入り口に立った。申《もう》し訳《わけ》程度の木の看板が立てられている。

しかしそれは斜《なな》めにゆがみ、余計に荒れ果てた雰囲気を強めていた。

「うわあ、何かおどろおどろしい村ですねえ。さすが『魔女の村』って言われるだけありますね。これは確かに何か起こってもおかしくないですよ」

ゴズがびくびくと、神田《カンダ》の背に隠れるようにして言った。

確かに森のふもとにあったミッテルバルトとは大違いだ。草は荒地のように好き勝手に伸び放題という、荒涼《こうりょう》とした無人の風景が目の前に広がっている。ぽつりぽつりと建つ古びた家屋からは人の気配が感じられない。

不気味なほど静まり返っている。まるで村全体が、招かれざる客を拒《こば》んでいるかのようだ。

「資料ではたしか、家畜を飼ったりしている家が多いとありましたけど、人どころか動物の声もしないですね……」

同じことを思っていたらしいゴズがつぶやくように言った。

「もしかして村人全員、消されていたりして……」

「どういう意味だ?」

鋭く言うと、ゴズが怯《おび》えた表情になった。

「ほら、この村って魔女伝説があるじゃないですか。だから……」

「くだらん。とにかく確かめるぞ」

一言《いちごん》のもとに切り捨てると、神田は村の中へ足を踏み入れた。

慎重《しんちょう》に辺《あた》りを見回し、気配を探る。

あのアクマは村に入らなかったのだろうか。

「あ、神田さん、返り血を拭《ふ》いたほうがいいですよ。そんな顔だと、村の人たちが怖《こわ》がりますよ」

ゴズがいそいそとハンカチを差し出してきた。

「それに、いくら体の内部に入らなければ大丈夫とはいえ、ずっと付着しているとアクマの血のウィルスに感染してしまう可能性がありますよ」

「ふん……」

でかい図体《ずうたい》をしているくせに、妙に細かいところに気がつく奴《やつ》だ。

「そんなもの、いらん」

神田はぐいっと乱暴に拳《こぶし》で顔についている血をぬぐった。

灰色の厚い雲が敷き詰められた空から、ぽつりぽつりと雨が降ってきた。

「どうせ、雨で落ちる」

小雨の中、神田は無言で村の真ん中にある道を進んだ。

いくら耳を澄《す》ませてみても、雨音と自分たちの足音以外聞こえない。

人の声や生活音、動物の鳴き声。そんな当たり前のものがこの村にはない——。

「うう、本当に魔女の棲《す》む村っぽいですね」

ゴズがぽつりとつぶやいた。

森の奥にある村とはいえ、ここまで人がいないとは思わなかった。

「どこか適当な家を訪ねてみましょうか?」

ゴズがそう言った瞬間、かたり、と小さな音が聞こえた。

神田は『雑貨店』とかろうじて読める看板をつけた二階建ての家を見つめた。年季の入った木造の家屋だ。

「どうしたんですか?」

ゴズが不安げに訊《たず》ねる。あのかすかな物音は、こいつの耳には届かなかったらしい。

神田は無言で雑貨店に近づいた。

古びた木のドアに手をかけると、ぎぎいっと軋《きし》みながらも開いた。

びくびくとしながら、ゴズがあとをついてくる。

「すいませーん、誰かいますか？」

ゴズがおそるおそる中に声をかける。

神田は狭い店内を見回した。雑貨店との看板どおり、それこそ物置のように雑多な物が置かれている。壁にたてかけられた釣竿《つりざお》、錆《さ》びた斧《おの》、棚《たな》には古びた缶詰の隣に色あせた布が並べられていた。

店の奥のカウンターから、突然人が現れた。白髪頭《しらがあたま》の小柄《こがら》な老人だ。

「ひいっ！」

ゴズが天井にぶつからんばかりの勢いで飛び上がった。

相手の老人も驚いたようで、ぽかんと口を開けたままこちらを見ている。どうやら屈《かが》んで作業をしていたらしい。

「ここの店主か？」

神田が訊ねると、老人はびくりと肩を震わせた。

「は、はい。そうです」

店主が怯えと好奇心の入り混じった目でこちらを見ている。自分たちの着ている教団の団服が珍しいのだろう。

「黒の教団の者だ」

神田は団服の胸にあるローズクロスを指《さ》した。団員はヴァチカンの名において、あらゆる場所への入場が認められている。こんな田舎《いなか》の村人にそんな知識があるかどうかは別として、身分を明らかにしておいたほうが何かと協力を得やすいだろう。

「え、えーと、お偉い方のようで。ここへはどうして……」

「最近、この村に行った人が戻ってこないと噂《うわさ》を聞き、調査に来ました。『帰らずの森』なんて呼ばれているらしいですね」

「そうなんですか?」

店主がきょとんとしたように言った。

神田とゴズは顔を見合わせた。

「最近、村人以外の人間がここに来ましたか?」

「いいえ。私の知る限りではありません。もっともこんな何もない不便な村、ときおり村人の身内や友人が訪ねてくるだけで、来客自体少ないんですが」

「そうですか……何か最近、村や森で変わったことがありましたか?」

「いいえ。私はあまり外には出ていないので……」

店主がゆっくりカウンターから出てきた。前かがみになって杖《つえ》をついており、歩くのがつらそうだ。

神田たちの視線を感じたのか、店主は苦笑した。

「足を悪くしてしまってね。それで店の買い出しも他の村人に頼む始末ですよ」

この老人から、これ以上有益な情報は得られそうにない。

神田はじっと考えこんだ。

あの森で会ったアクマたちが村へ向かう人を殺していたのは、おそらく間違いない。

——だが、なぜだ？　この村に何がある？　そしてあいつらの目的はなんだ？

「いったいどういうことなんでしょう……」

店主が深いため息をついた。それはこちらが聞きたいくらいだ。

——あのアクマはどこに逃げたのだ？　村には入ってきていないようだが。

「ところで、この村って他にも人がいますよね？」

「え、ええ、もちろんです」

店主が戸惑《とまど》ったように答えた。

「よかったー。村に入っても誰にも会わないし、人の気配もないから心配しちゃいましたよ」

ゴズがホッとしたように言った。

とにかく、家の中には人がいるのだろう。

「ゴズ、行くぞ。他の家も回ってみる」

神田が扉を開けると、目の前に滝のように降りつける雨が飛びこんできた。いつの間にかどしゃ降りになっていたらしい。

さすがに躊躇《ちゅうちょ》して足を止めると、店主が声をかけてきた。

「お客さん、もう夜だし、この雨だ。明日にしたらどうです？　お連れさんの顔色もよくないし」

店主の言葉に、神田はゴズをまじまじと見た。言われてみればゴズの顔は青ざめ、頬《ほお》はこけている。襲《おそ》われてから、ろくにものも食べていないのだろう。

「お客さん方、今日はどちらかへお泊まりですか？」

「いや、何も決めてないですけど」

「こんな村、宿屋もないんですよ。たまに客人をお泊めすることもあるんで、もしよければウチの二階に泊まりませんか。一部屋空《あ》いてますので」

ゴズがうかがうように神田を見た。神田は小さくうなずいて見せた。

「じゃあ、よろしくお願いします」

＊

神田《カンダ》は二階の部屋を見回した。ベッドと小さいテーブルが置かれただけの狭い部屋だ。シーツやカーテンが花柄《はながら》なので、おそらくは女性の部屋だったのだろう。

ドアがノックされ、毛布をかかえたゴズが入ってきた。

「店主さんから毛布をもらってきましたー。神田さん、ベッドをどうぞ。どうせ俺、そのベッドに入らないんで」

神田はシングルベッドを見た。自分でも窮屈《きゅうくつ》そうな大きさだ。確かにゴズでは丸まって寝ないと入らないだろう。

神田がベッドに腰かけると、ゴズが椅子《いす》に座った。かなり窮屈そうで、尻《しり》が椅子からはみだしている。

「とりあえず、人がいてよかったですねえ」

「まあな」

「本当に誰もいないのかと思っちゃいましたよ。ずいぶん静かに暮らしているんですね、この村の人たちは」

「そうだな……」

アクマが入ってきた様子はない。村には入らず、森にいるのかもしれない。

「でも、がっかりですね。命がけで調査に来たっていうのに、イノセンスはなさそうだ」

ゴズがため息をついた。

「『帰らずの森』という奇怪現象ってイノセンスのせいではなくて、あのアクマたちがこの村を訪れる人を襲《おそ》っていたからでしょう?」

「おそらくな」

アクマは村に入ってきていないようだし、イノセンスは絡《から》んでいないようだ。

「魔女はどうなんでしょう?」

――まだ魔女だのなんだの言っているのか、こいつは。

ぎろりと睨《にら》むと、ゴズが首をすくめた。

「どうします? イノセンスもないようですけど……」

――任務は『失踪《しっそう》した探索部隊《ファインダー》を捜《さが》すこと』。だが……。

神田は首を横に振った。

「アクマは複数いた。まだ村やこの付近に潜《ひそ》んでいる可能性がある。全員倒してから帰還する」

イノセンスがないとしても、アクマを見過ごしてはおけない。

「わかりました。では、任務はイノセンスの調査から、アクマ退治に変更ですね。役に立たないかもしれませんが、俺も一緒にいていいですか？」

ゴズが珍しく、まっすぐ自分を見ていた。その南国の海のように青く澄《す》んだ目は、いままでにない強い光を放っている。

——そうか、こいつにとっては弔《とむら》い合戦になるのか。

目の前で仲間を殺され、悔《くや》しくないはずはない。

どのみち、ゴズをひとりで帰すわけにはいかない。森の中にもまだアクマが潜んでいる可能性がある。

「かまわんが、足手まといにならないようにしろよ」

「わあ！　ありがとうございます！」

ゴズが子どものような無邪気《むじゃき》な声をあげた。イノセンスを使えないゴズにアクマは倒せない。

——だが、こいつがいれば村人への聞き込みがスムーズにいきそうだ。

「じゃあ、明日は他の村人にも話を聞いて調査しましょう！」

神田はゴズの大声に顔をしかめた。

「わかったから、もうちょっと声を小さくしろ」

誰が聞いているかわからないのだ。

そのとき、階下から店主の声がした。

「夕食ができましたので、どうぞ」

「ありがとうございます！」

ゴズの顔が輝いた。やはり腹が減っているらしい。ドタドタと階段を破壊するような勢いで駆け下りていく。

「どうも、こんばんは」

階下に下りると、台所から出てきたワンピース姿の少女が挨拶《あいさつ》してきた。

自分より若干《じゃっかん》年下だろう。十六、七歳くらいか。金色の巻き毛に晴れた空のような青い瞳《ひとみ》をした少女は、まるで西洋人形のようだった。

思わぬ美女の登場に、ゴズが頬《ほお》を染《そ》めたまま棒立ちになった。

でかい図体が邪魔《じゃま》で台所に入れない。

ガンと足を蹴《け》ってやると、ゴズは何を勘違《かんちが》いしたのか、少女に話しかけた。

「は、初めまして！　いや、お美しいですね！　お嬢さんですか？」

うわずった声にだらしなく弛緩《しかん》した顔。見ているほうが恥ずかしくなる。

店主はゴズの勢いに戸惑《とまど》いながらも、うなずいた。

「そうなんですよ。ソフィアといいます」

紹介を受け、ソフィアがにこりと微笑《ほほえ》んだ。よそ者に対する警戒心や気負いのまったくない笑顔だった。いきなり訪ねた自分たちを泊めてくれる店主といい、暗い村の雰囲気に相反《あいはん》して、素朴《そぼく》で人懐《ひとなつ》っこい村人が多いのかもしれない。

「お疲れでしょう。あまりたいしたものはないんですが、夕食を召し上がってください」

「はい！」

ゴズが嬉々《きき》として台所に入っていく。こぢんまりした台所の中央に、長方形のテーブルが置かれていた。椅子はちょうど四つある。神田はゴズと並んで座った。

テーブルの上にはパンと焼いたソーセージ、それにジャガイモの入ったスープが湯気をたてている。

「すいません、こんなものしかなくて」

席についたソフィアが恐縮したように言った。

「ありがとうございます。ではさっそくいただきます！」

ゴズがスープに口をつけた。

「おいしいですよ！　これはソフィアさんが作ったんですか？」

「ええ」

「ソーセージもおいひいでふよ。むぐ。あ、パンもおいひい！」

「食うか喋《しゃべ》るかどっちかにしろ！」

口から盛大にパンくずを飛ばすゴズを叱《しか》りつけ、神田はスープをすすった。

――薄味だが、確かにうまい。

「ソフィアさんはお店を手伝っているんですか？」

ゴズが興味津々《きょうみしんしん》といったように訊《たず》ねた。

「いいえ。私はミッテルバルトの町で針子《はりこ》の仕事をしているんです。最近、ちょっとまとまったお休みをいただけたので、久しぶりに村に帰ってきたんです」

ちらっと神田はゴズに目配《めくば》せした。

――聞き込みはこいつに任《まか》せたほうがいいだろう。

ゴズが得たりとうなずいた。

「町から村へ来たんですか？　それはいつ頃ですか？」

へらへらしていたゴズの顔が引《ひ》き締《し》まる。どんな美女を目の前にしても、自分の任務を忘れない。それができなくては、団員は務《つと》まらないのだ。

ソフィアが首をかしげた。

「えーと、十日前ぐらいかしら」

「そのときは森の一本道を通って帰ってきたんですか？」

「ええ。それしかこの村に帰る道はありませんから」

「それで無事に来られたんですか？　道中何事もなく？」

「ええ……。どうかしたんですか？」

ソフィアが不安げに顔を曇らせた。

神田はじっとソフィアを見つめた。彼女が何事もなく村に帰ったということは、十日前まではアクマたちはいなかったということだ。

――そのあとにいったい何があったんだ？

「村に帰ってきてどうですか？　何か変わったことはありませんでしたか？」

「そうですね……」

ソフィアは首をかしげた。

「うーん、特に変わったことはないですよ。ね、お父さん」

「あ、ああ……」

話を振られた店主が、びくりと肩を揺らせた。

「そうですかー。まあ、平和そうな村ですもんね。実は『魔女の村』って噂《うわさ》を聞いていたんで、ちょっとびくびくしていたんですよ～」

ガシャンという派手な音が食卓に響いた。

店主の顔が真っ青になっていた。

手から取り落としたらしいカップの破片が床の上に散乱している。

「どうしたの？　お父さん」

心配げなソフィアから目をそらせると、店主が立ち上がった。

「すまない。ちょっと足が痛んでね。先に休ませてもらうよ」

店主が足をひきずりながら台所を出ていった。

ソフィアが小さくため息をついた。

「魔女ですか……そんな大昔の伝説をまだもっともらしく話す老人とか多いんですよね。以前、偏屈《へんくつ》なおばあさんが村はずれの小屋に住んでいましたけど、普通の人でしたよ」

そのとき、ソフィアが突然ふきだした。彼女の視線の先には、一心にスープの皿をなめているゴズの姿があった。

「おまえな……」

——教団の権威を地に落とすつもりか、この馬鹿は。

二人の視線に、ようやくゴズが気づいた。

「あっ……すいません、スープがおいしすぎて思わず」

「いいんですよ、気にしないでくださいな。量が少なすぎますよね。ごめんなさい」

「い、いえ、そんなことはありません。大丈夫です！」

ゴズは急いで言ったが、その言葉に一片の真実もないのは誰の目にも明らかだった。

「ちょっと待っててくださいね」

ソフィアは立ち上がると、台所を出ていった。

しばらくして台所に戻ってきたソフィアの手には、白い袋があった。

「ゼリービーンズです。大人《おとな》の男性に差し上げるようなものじゃないんですけど」

「ありがとうございます！　お菓子、大好きなんですよ〜」

ゴズが涙ぐまんばかりに喜ぶ。単純な奴《やつ》だ。

「もっとお出しできたらいいんですけど、食糧にも限りがあって。貧乏な村なので」

「いえ、そんな！　突然訪ねたうえに、泊めてもらって食事までいただいて。じゃあ、俺たちは二階で休ませてもらいますね。あ、もしかしてあの部屋はソフィアさんの部屋ですか？　なんなら俺たちは廊下でもかまわないので」

「え？　いえ違います。私の部屋は向かいなので、お気になさらないで」

——ではあの部屋は店主の妻のものだろうか。そう言えば、二人以外の家族の姿を見ない。

「あの、失礼ですがお母様は？」

ゴズがおずおずと聞いた。示し合わせたわけではないが、こういう素直にものを尋ねられる奴がいると便利だ。

ソフィアがそっと目を伏《ふ》せた。その水色の目に悲痛な色が浮かぶ。

「……母は亡《な》くなりました」

「そうですか。失礼しました」

ゴズが慌《あわ》てて頭を下げた。

「いえ、もう三年も前のことなので」

「ほんとにすいません」

ゴズがもう一度頭を下げた。

「じゃ、俺たちは二階で休ませてもらいます」

ゴズの言葉に神田も立ち上がり、階段に向かった。

＊

ふっと何かが頰《ほお》に触れた。

神田《カンダ》は目を開けた。室内はまだ暗い。どうやらまだ夜らしい。

神田はベッドから起き上がった。殺気は感じられない。何が自分を目覚めさせたのだろう。

すぐにわかった。ゴズが寝ているはずの床には毛布だけが残されていて、中身がない。

ドアは大きく開けられていた。そこから吹きこんだ風を感じたのだろう。

――こんな真夜中に、どこに行ったんだ、あの馬鹿。

神田はコートを着ると、六幻《ムゲン》を背負った。

忍び足でおりたが、それでも年季の入った木の階段はぎしぎし軋《きし》んだ。だが幸《さいわ》い、誰も起きてこなかった。

神田はそっと雑貨店の扉に手をかけた。鍵《かぎ》はかかっていない。

外に出ると、雨はもうやんでいた。湿気を含んだ空気がじっとりと体にまとわりついてくる。

満月がその姿を分厚《ぶあつ》い雲の隙間《すきま》から徐々に見せていく。おかげでさほど苦労せずに道を進むことができた。神田は足を進めた。

地面はぬかるみ、一歩足を進めるごとにまとわりついてくる。ざわざわと風に揺れる木々の黒い影が、巨大な壁のように村を取り囲んでいる。

――イヤな場所だ。

魔女が棲《す》んでいた村、か。

そんな不吉なことを言われるのは、この村全体に漂う不気味さのせいもあるだろう。何か鬱屈《うっくつ》したものが、この村には漂っている。長い間積み重ねられた人の苦しみや憎しみなどの負の感情がとぐろを巻いているような気がする。

そのとき神田は、足元にピンク色の小さなものが落ちていることに気づいた。

屈《かが》んでよく見ると、それはゼリービーンズだった。

神田は辺《あた》りを見回した。

少し離れたところに黄色のゼリービーンズがある。

ゴズがソフィアからもらったゼリービーンズ。

――俺に居場所を知らせようとしているのか？

この後を辿《たど》れば！

神田は慎重《しんちょう》にゼリービーンズを辿っていった。神経がはりつめる。どこから敵が現れるかわからない。

しんと静まり返った廃墟《はいきょ》のような村を、神田はひとり進んでいった。

ふっと今の自分の状況が、昔読んだドイツの童話と重なった。幼い兄妹が迷わないように、道に置いていった目印を辿っていく。あれはパンくずだったか。たしか彼らが行き着く先は魔女の棲むお菓子の家だった――。

村はずれまで来たとき、遠くに一軒だけ明かりのついた小屋が見えた。

——偏屈《へんくつ》な老婆が住んでいたという小屋か？

近づくにつれ、その小屋がかなり古く、ゆがんでしまっていることがわかった。

——中に人がいるのか？

その瞬間、暗闇《くらやみ》から何かが飛来してきた。

神田は横っ飛びにすばやくよけた。

——来やがったか。

斧《おの》を持ってこちらを見据《みす》えているのは、森の中で取り逃がした男だった——おそらくはアクマの。

カチカチと男が歯を嚙《か》み鳴《な》らす。

「おまえ、ひとりか？」

まだ仲間がいるのかと思ったが、どうやら残りはこいつだけのようだ。

「なぜ、おまえたちはこの村に来た者を殺すんだ？」

無駄《むだ》だとは思いつつ、神田は男に問いかけた。

「そしてなぜ、村人には手を出さない？」

男の顔がゆがんだ。

「アノ御方《おかた》ノ……命令ダカラダ」

「あの御方とは誰だ？」

男は無言で斧を構えた。

「ウオオオオ！」

叫びながら男が向かってくる。

――問答無用か。望むところだ！

神田はすばやく六幻を抜いた。

――抜刀！　イノセンス発動！

闇の中、六幻が銀色の光を放つ。

神田は男に向かって駆けた。

男と神田が一瞬交錯《こうさく》し――男ががくりと膝《ひざ》をついた。

神田は六幻を鞘《さや》におさめた。同時に男の体が爆発する。

「……スマナイ。許シテクレ――」

そんな声が聞こえた気がした。

神田は足早に小屋に近づいた。

中から人の声は聞こえない。

神田は乱暴にドアを開けた。

かび臭《くさ》い、すえた匂《にお》いが鼻をついた。

がらんとした部屋の奥には暖炉《だんろ》があり、室内にはパチパチと火のはぜる音だけがしていた。

神田は目の前の扉を見つめた。奥へと続くその扉の向こうで、物音がする。

六幻を抜くと、神田は扉を一気に蹴破《けやぶ》った。

暖炉《だんろ》の部屋とは比《くら》べものにならない強烈な腐臭《ふしゅう》が鼻腔《びこう》に飛びこんでくる。

薄暗い部屋の中に人影が見えた。

狭い部屋にはベッドが一つ置かれており、その上に猿ぐつわをかまされ、縛《しば》られたゴズが横たわっていた。シャツにパンツという、寝ていたときのままの姿だ。

そして、ゴズの傍《かたわ》らには店主がいた。

——こいつが黒幕か！

「おまえもアクマか!?」

詰め寄ると、店主が悲鳴を上げて転がった。その姿は非力《ひりき》な老人以外の何者でもなかった。

——アクマじゃないのか？

猿ぐつわをかまされたゴズが何か言いたげに、身動きしながらこちらを見ている。

神田は乱暴に猿ぐつわをはぎとった。ゴズが大きく息を吐《は》いた。

そのうるんだ目が神田を見た。

「わーん！　来てくれると思ってました！」

「うるさい！」

——なんて大声を出すんだ、こいつは。この調子では、怪我《けが》などはしていないらしい。

神田は、部屋の隅《すみ》で身をかがめ震えている店主を一瞥《いちべつ》した。

「おまえ、何やってるんだ！　そんなでかい図体してあっさり捕まってるんじゃねえよ！

あの店主なんか、相手にならないだろうが！」

「ち、違います！」

「何が違うんだ？」

「店主さんは俺を助けに来てくれたんですよ！　猿ぐつわを取ってくれようとしたとき、

神田さんが来たんです！」

「あいつに捕まったんじゃないのか？」

「いいえ、違いますよ。気づいたらこの部屋にいて、縛られてたんです」

——意味がわからない。

神田はギッとゴズを睨《にら》んだ。

「そ、そんな怖《こわ》い顔をしないでくださいよ！　本当なんですから！　えーと、ですね、そう、夢を見ていたんですよ！」

ゴズが焦《あせ》ったように言う。

「夢？」

「ええ、夢の中にステーキが出てきて」

——何を言ってるんだ、こいつは。

神田は、自分の表情がどんどん険《けわ》しくなるのがわかった。ゴズが怯《おび》えた表情になった。

「その、ステーキののった皿を追っているうちに、気づいたらこの小屋に来ていて縛られてたんですよー。もう何がなんだかわかりません」

「それはこっちのセリフだ」

——頭が痛い。こんな非常時に寝ぼけやがって。緊張感というものがないのかこいつは。

てっきり敵にさらわれたのかと思っていたが、自分でふらふらと小屋に来ていたとは。

「もしかしたら魔女の仕業《しわざ》ですかね～。なんつって」

六幻をすらりと抜くと、ゴズの顔が青ざめた。

「わあぁ！　すいません！　反省してますから殺さないでください！」

神田は無言で六幻をふるった。ゴズを縛っていた縄《なわ》がばらりと落ちる。

「うぎゃあ！　……って、あれ？　痛くない。あ、縄を切ってくれたんですね、ありがとうございます」

「いいから、さっさと立て！」

「は、はい！」

ゴズがよたよたしながらも立ち上がった。

——こいつが寝ぼけて小屋に来たとしても、縛った奴《やつ》がいるはずだ。それにこの小屋にはアクマの見張りらしきものがいた。そして『あの御方の命令』だと言っていた。つまりまだ敵がいて、俺たちを狙《ねら》っているということだ。

神田は店主に目を向けた。

「じいさん、悪かったな。あんたはこいつを助けてくれようとしたのに」

店主がこちらを見た。

薄暗がりの中でもわかる、どんよりと濁《にご》った無気力な目、土気色《つちけいろ》をした顔。夕飯のときよりも十歳以上老《ふ》けたようだ。

「お願いだ、黙ってこの村から去ってくれ……今ならまだ間に合うかもしれん」

「どういうことだ?」

だが、店主はその問いには答えず、コートの裾《すそ》にすがりついてきた。

「私には……これ以上は言えない。頼む、店には寄らずに、まっすぐこの村を出てくれ。ここには魔女がいるんだ——」

それだけ言うと、力つきたように、店主はがっくりと床に手をついた。

——夜の森よりも、この村のほうが危険と言いたいのか。

と、いうことは。

「ま、魔女ってなんですか!?」

慌《あわ》てるゴズの襟首《えりくび》をつかみ、神田は強引《ごういん》に引っ張った。

「行くぞ、ゴズ」

としたんじゃなかったのか？」

「いいえ？　あ、ほんとだ。落ちてますね。ポケットに入れてたから、こぼれたんですね、きっと！　そうかー、それで神田さんがあの小屋まで来てくれたんですね。うおお、ラッキー！」

——少しでも感心した俺が馬鹿だった。この能天気馬鹿め。

神田は「ソフィアさんのおかげだ～」と喜んでいるゴズを睨みつけた。

「でも本当に人の気配がしないですよねえ。まあ、夜中ってのもあるんでしょうけど」

ゴズが道すがら、家を見かけるたびにきょろきょろした。

「本当に人が住んでいるんですかねえ。もしかしたらこの村には俺たち以外、誰もいないんじゃないかって思いません？」

「……かもな」

ゴズはまさか賛同されるとは思っていなかったらしく、驚いた顔になった。

——最悪の場合、この村に人間は自分たちしかいないかもしれない。

雑貨店の前に着くと、神田は軽く一呼吸した。

——いよいよだ。

雑貨店のドアを開けると、ソフィアが台所から飛び出してきた。

「どうしたんですか？　起きたら父もお二人もいないから、心配してたんですよ！」

口を開こうとしたゴズを押しのけるようにして、神田はソフィアの前に立った。

「ソフィア、話がある」

神田はソフィアの澄《す》んだ水色の瞳《ひとみ》をじっと見つめた。

そこには一点の曇りもない。――だが。

『ここには魔女がいるんだ』

あの店主の言葉。

「あの小屋はなんだ？」

「小屋？」

ソフィアが小首をかしげた。

「村のはずれにある小屋だ」

「ああ……『魔女の小屋』ですね」

「あそこにこいつが監禁されていたんだ」

「なんですって？」

ソフィアが声をあげ、ゴズを見た。

「そんな……監禁なんて！　いったい誰が⁉」

「『魔女の小屋』、いや、『魔女』とは何なんだ？」

ソフィアが固い表情で口を開いた。

「あの小屋にはつい最近まで、ひとりの老婆が住んでいたんです……」

「それが魔女ですか⁉」

ゴズがびくびくしながら訊《たず》ねた。

ソフィアは首を振った。

「いえ。よそから来て、いつの間にか住み着いた無口な老婆でした。ご存知のとおり、ここには魔女伝説が残っています。迷いこんだ子どもを喰《く》らっていた魔女が棲《す》んでいたと。もちろん本物の魔女なんているわけありませんけど、これまで村では、そういう変わり者で身寄りのない女が『魔女』としての役割を与えられてきました」

「役割？」

神田はじっとソフィアを見つめた。

「ええ。最低限の衣食住を与えられる代わりに、村人たちに忌《い》み嫌《きら》われる存在として生きなければならない。それが『魔女』です。『魔女』は悪い者、だからそいつが村のすべての災厄《さいやく》を引き受けてくれる、という迷信が信じられていたんです。事実、歴代の『魔女』たちがいるときは、村は貧しくても平和でした」

「そんな……」

ゴズが絶句した。

神田はこの村に来る前に会った老婆を思い出した。辺境にある田舎《いなか》の町や村。そんな狭い世界では、そこでしか通じない言い伝えやしきたりがあるものだ。

ソフィアの顔に暗い影が差した。

「一か月ほど前、『魔女』が死んだんです。私は町にいたから知らなかったけれど」

ソフィアがどこか挑《いど》むような目で見てきた。

「彼女が死ぬと、村にはおかしなことが起き始めました。飼っていた家畜が次々死んだり、子どもが切り株の上に転んで大怪我《おおけが》をしたり、村一番頑強な人が肺炎になったり——」

ゴズが首をかしげた。

「でもそれって、偶然なんじゃないですか?」

「ええ、そうね。でもこの村で生まれ育った迷信深い人たちは、『魔女』がいなくなったせいだと決めつけた。彼らは自分たちの平穏な生活のため、新たな『魔女』が必要だと考えた。そしてアンジェラに白羽の矢がたった」

「アンジェラって誰ですか？」

ソフィアの目がぎらりと光った。

「私の双子《ふたご》の妹よ。ずっと病弱で寝たきりだったの。だから私は十五歳のときから、彼女の薬代を稼《かせ》ぐために町に出て働いていたの」

「ああ……もしかして俺たちが泊めてもらっている部屋って、アンジェラさんの部屋なんですか？」

ゴズがぽんと手を叩《たた》いた。

「そうよ」

「……アンジェラさんは今どこに？」

ソフィアが笑い出した。乾ききった、聞く者の背筋を寒くする笑い声だった。

「言ったでしょ。アンジェラは『魔女』に選ばれたって！」

ソフィアが何かを吐《は》き出《だ》すように叫んだ。

「母が死んだあと、父は足を悪くして、雑貨店だというのに人の手を借りなければ品物を仕入れられなくなっていた。ソフィアの仕送りは私の薬代に消える。だから言われるがままに私を差し出した。病気だというのに、あんな不衛生な場所に住まわされて、たまに水を汲《く》みに外に出れば子どもたちに石をぶつけられ、ろくに物も食べられなくて。魔女の小屋に住み始めて、たった十日で死んだわ」

親が病弱な娘を生贄《いけにえ》に差し出し、そして娘はすぐに死んだ――。

その残酷で陰惨《いんさん》な話に、ゴズもかける言葉がないようだ。

彼女は荒い呼吸を整《ととの》え、再び口を開いた。

「町にいたソフィアはもちろん何も知らなかった。久しぶりの休みに帰ってきて、すべてを知ったの。私が死んで、もう五日もたっていたわ。私はお墓も造ってもらえず、魔女の小屋の裏庭に埋められていた――」

彼女の大きな目から涙がこぼれ落ちた。

「今はただの針子《はりこ》だけど、いずれ自分のお店を持てるように頑張る。そうしたら私を都会の医者に診《み》せることができる。それだけを思ってソフィアはひとりで頑張ってくれていたのに！」

「そして千年伯爵に会ったのか」

神田は鋭く言った。

ゴズがはっと息を呑《の》んだ。

ソフィア、いや、アンジェラの瞳がぎらりと殺意をこめて輝いた。

「そうよ。ソフィアは私を呼んだ。そして私の魂《たましい》は呼び戻され、ソフィアの中へ入り、アクマになったわ」

「わー‼」

突然の泣き声に神田はぎょっとした。ゴズの目から涙がボロボロとこぼれ落ちている。

「そんな……ひどすぎる！　人を何だと思ってるんだ！　魔女なんて。そんなくだらない！　ソフィアさんまで犠牲《ぎせい》になって！」

「泣いてくれるの？　私たちのために。優しい人ね……」

アンジェラがどこか嘲《あざけ》るように言った。

「アクマとなって……おまえは村人たちを殺したのか」

神田が問うと、アンジェラが自慢げに笑った。

「ええ、あいつらがいちばん苦しむ方法でね！　子どもたちを小屋に誘い出し、皆殺しにしてやった。死体は全部、小屋の床下に埋めてやった」

ゴズが口を押さえた。あの部屋にたちこめていた、生々しい腐臭。あれはまさしく、人間の死体の匂いだったのだ。

「私の元へ押し寄せてきた親たちは返《かえ》り討《う》ちにしてやった。人間がアクマに勝てるわけないじゃない。何人かは身内に呼び戻され、アクマとなったわ。馬鹿なあいつらは、村のどこかに自分の子どもが生きて監禁されていると信じていた。だから、私の言うがまま村に近づく者を殺してきた」

アンジェラが高らかに笑った。

——なるほど、あの一本道にいたのは、アクマとなった村人たちか。

『スマナイ。許シテクレ』

あのアクマだった男の最期《さいご》の言葉。あれは守ってやれなかった自分の家族に向けての言葉だったのだろうか。それとも、忌《い》まわしい掟《おきて》の生贄となった娘への謝罪か。

ゴズが信じたくないというように首を強く振った。

「そんな……本当の魔女じゃないですか！　それじゃ！」

「そうよ。千年伯爵と一緒に話したの。ここを本当の魔女の村にしようって。伝説を本物にしようってね！」

アンジェラが楽しげに微笑《ほほえ》んだ。

「なんでそんなことを！　村人が憎いのはわかります！　でも、子どもたちは関係ないじゃないですか！」

ゴズの切《せつ》なる叫びも、アンジェラには届かなかった。

アンジェラはキッとゴズを睨《にら》んだ。

「私に魔女であれと言ったのは村人たちよ！　だから私は身も心も魔女になってやった！　その何が悪いのよ！」

誇らしげに叫ぶアンジェラをゴズは悲しげに見つめた。

ゆるやかに波打つ黄金色《こがねいろ》の髪。爛々《らんらん》と輝く青い目。

本来、魔女というより、天使というのがふさわしい外見のアンジェラが放つ言葉は、悪魔のように禍々《まがまが》しかった。

「憎い憎い憎い――。私が何をしたっていうの？」

アンジェラが宙に向かって、誰にともなく吼《ほ》えた。

魅入《みい》られたかのように、ゴズは動かない。

「ここは『魔女の村』なのよ。ここに来た奴は皆、私に殺される」

めきぃっ。

枝が折れたような音がし——。

アンジェラの顔に無数のしわがきざまれた。

「あんたたちが私の手下を倒したのね。伯爵が言っていた、エクソシストってやつなんでしょう？　ふふ、聖職者《クラーヂマン》か。いいわね、神の使徒。相手にとって不足はないわ！」

アンジェラが両手を大きく広げた。

「あーははははは！　現代の魔女の姿を見せてあげる！」

アンジェラが歓喜の声を上げた。

その顔にビキビキと血管らしきものが浮かび上がる。

ゆっくり口が三日月の形にさけていった。

——これは——。

「あああ、神田さん！」

ようやくこの事態に気づいたらしいゴズが驚きの声を上げた。

「ああ、レベル２のアクマだ」

神田は唇《くちびる》をゆがめた。

アクマは暗黒物質――ダークマター――によって造られている。ダークマターは経験を積み、進化すればするほど強化されていく。

つまり、アクマは人を殺せば殺すほど、戦闘能力を高め、強くなっていくのだ。

太陽の光を集めたような美しい金色の髪をなびかせた、機械と人間と悲劇から造《う》まれた忌《い》まわしき魔女が降臨《こうりん》した。

人間だったときと変わらないほっそりしたその体は、黒いケープに包まれている。

鮮血に染《そ》まったような真っ赤な目は、強烈な憎悪と怨念《おんねん》で輝いていた。その白い顔に、のたうちまわる黒い炎のような模様が浮き出てくる。

耳までさけた口から、だらりとした爬虫類《はちゅうるい》のような舌がのぞいた。

その禍々しさに、ゴズが息を呑む。

神田は小さく舌打ちした。

森の中で会った村人のアクマは、体中からキャノンを突き出した初期タイプだった。

弾丸を撃ち出すという単調な攻撃しかできない初期レベルのボール型アクマとは違い、レベル2に進化した人型《ひとがた》のアクマは自我に目覚め、それぞれ固有の能力を発揮する。

アンジェラが黒いケープに手を入れた。

するりと取り出したのは、三日月と見まごうような巨大な鎌《かま》だった。

「ゴズ！　逃げろ！」

神田はぼうっと突っ立っているゴズを突き飛ばすようにして扉に向かった。こんな狭い場所であんな得物《えもの》を振り回されてはたまらない。

二人で転がるようにして外に飛び出た瞬間、アンジェラが雑貨店の扉を突き破った。

ふわりと宙を飛ぶと、鎌を一振りする。

「うわあっ！」

ゴズが悲鳴を上げながらも、鎌の一撃を鋭いターンでかわした。その大きい体に似合わぬ俊敏《しゅんびん》な動きに、神田は地面を蹴《け》りながら少し驚いた。

「おまえ、何かやっていたのか？」

空中で一回転し、地面に着地すると神田は訊ねた。

「ええ、フットボールを少々！」

肩で息を切らせながら、ゴズが答える。

「なるほど……」

この素早い体さばきがあったからこそ、最初のアクマの襲撃を逃《のが》れられたのだろう。

「アンジェラ！　もうやめてくれ！」

悲鳴のような叫びが響いた。神田とゴズは振り返った。

店主がアンジェラを見上げていた。

「私が悪かった……頼むから、もう許してくれ。もうやめてくれ……これ以上、人が死ぬのを見たくない……」

店主が地面にがっくり膝をついた。

鎌を手にしたアンジェラがゆっくり店主に近づいていく。

長い舌がちろりと唇をなめた。

鎌がゆっくり振り上げられる。

「危ない！」

ゴズが駆け寄ろうとした瞬間、鎌が回転しながら飛び――店主の腹に突き立てられた。

血を噴《ふ》き出《だ》しながら、老人は仰向《あおむ》けに倒れた。

「ああ！」

ゴズが店主を抱き起こした。

「しっかりしてください！」

ゴズが泣きながら、店主をゆさぶった。

店主の目が薄く開いた。その唇が弱々しく言葉を紡《つむ》いだ。

「すまない……ソフィア、アンジェラ……守ってやれなく……て」

それが最期の言葉だった。店主の目がゆっくり閉じられた。

「そんな……そんな！」

泣きじゃくるゴズから目をそらし、神田はアンジェラを見つめた。

「ふふ……自分が起こした悲劇を見せつけるために生かしておいたけど……もう充分満足したわ」

アンジェラは父の屍《しかばね》を見据《みす》え、嘲笑《ちょうしょう》を浮かべた。

神田は六幻を構え、慎重に足を一歩進めた。

「カ、神田さん……」

ゴズが怯えた目を向けてきた。

「斬《き》るんですか？　彼女を……」

神田はいぶかしげにゴズを見た。

「当たり前だ。あれはアクマだ。そして俺はエクソシストだ」

「やめてください！　彼女は被害者でもあるんですよ！」

「馬鹿かおまえは」

——信じられないほどの甘チャンだな、こいつは。

「馬鹿でもいいです！　俺も、これ以上人が死ぬところを見たくないんです！」

ゴズの目に涙が浮かんだ。

「ゴズ」

「なんですか？」

「あれは人じゃない。アクマ、だ」

冷たく言い放つと、ゴズが激昂《げっこう》した。

「あんたには、人の情《じょう》ってものがないんですか！」

「じゃあ、ここで黙って殺されてやるのか？　いいから探索部隊《ファインダー》は引っこんでろ！」

ゴズは拳《こぶし》を握《にぎ》り締《し》めたままうつむいた。

神田は六幻を構えると、アンジェラへ向かって走った。

——こいつの能力は未知数、こちらは足手まといがひとり——さっさとケリをつけるに限る！

アンジェラがにやりと笑った。

「魔女の力、見せてやるわ。――出てこい！」

アンジェラの声が静まり返った村に朗々《ろうろう》と響き渡った。

ざわり、と空気が揺れた。

――なんだ？

「カ、神田さん……」

死んでいたはずの村が、急速に息を吹き返そうとしていた。

ざわめきや、幾《いく》つもの足音が近づき――。

雑貨店の前に、ぞくぞくと村人たちが集まってきた。

その目は死んだ魚のようで、焦点があっていない。ふらふらと、生ける屍のような不安定な動きをしている。

「……村人全員、アクマにしてやがったのか」

そこに集まってきた村人は、軽く五十人を超《こ》えていた。

アンジェラがにやりと勝《か》ち誇《ほこ》った笑《え》みを浮かべた。

「そいつらを殺せ！」

その声とともに、わっと村人たちが襲《おそ》いかかってきた。

「おまえは離れていろ！」

ゴズに一声投げかけると、神田は六幻を抜いた。

——イノセンス発動！

六幻を撫《な》で上《あ》げると、神田は村人の群れに真っ向から突っこんだ。

目の前にいる中年男の腹を斬り裂き、そのまま体を回転させると、右側にいた赤毛の若者を袈裟懸《けさが》けに斬る。

六幻をふるえばアクマなど、人よりも簡単に斬り裂くことができる。

次々襲ってくる村人を、神田は迷いなく斬り捨てていった。

——これで十体！

一呼吸で目前の三体を葬《ほうむ》り去《さ》ると、神田は息を吐《は》いた。こめかみに汗がにじみでる。

「チッ、なんて人数だ！」

——さぞ、千年伯爵は忙しかっただろうよ！

六幻を握り直して振り返ると、鉈《なた》を片手に戦っているゴズの姿が見えた。人の皮をかぶっているとはいえ、そんな攻撃がアクマに通用するはずがない。

「あの馬鹿！」

神田が駆け寄ろうとしたとき、ゴズの背後で斧《おの》をふりかざす男の姿が見えた。

斧がまっすぐ振り下ろされる。

「ゴズ！」

神田は叫びながら地面を蹴った。

——間に合うか!?

ぽかんとした表情でゴズがこちらを見ている。スローモーションのように振り下ろされる斧が見えた。

ゴズを突き飛ばすと同時に、胸のあたりに衝撃《しょうげき》が走った。

「ぐっ！」

肉が裂ける感触に続き、鋭い痛みが脳まで駆け上がる。

飛び散った血が地面に落ち、あっという間に吸いこまれた。

「うわあああ、神田さん！」

ゴズが悲痛な声をあげた。

駆け寄ろうとしたゴズを、神田は手を上げて止めた。

「来るな！」

「で、でも！　そんなに血が！　傷口からアクマのウィルスに感染します！」

アクマのウィルスに冒《おか》されれば、助かるすべはない。

——普通の人間であれば。

「俺にはアクマのウィルスはきかない！　いいから離れてろ！」

ゴズがぐっと唇をかみしめ、そしてうなずいた。

この戦場では自分は足手まとい。その屈辱的《くつじょくてき》な事実を受け止め、自分にできる最大限のことをしようと決意したのが見てとれた。

ゴズが離れたのを確認し、神田は後方へ、弧《こ》を描くようにして大きく跳《と》んだ。

——人数が多すぎる。キリがないな、これは。

村人たちと距離をとると、神田は六幻を構えた。

「六幻、災厄招来《さいやくしょうらい》！」

村人たちがどっと押し寄せてくる。

——全員、消し飛べ！

「界蟲《カイチユウ》『一幻《イチゲン》』！」

神田は六幻を横一線にふるった。

その刀身から、竜の頭部がつらなったような奇妙なものが放たれる。

剣気が具現化したそれは牙《きば》をむき、飢《う》えた獣《けもの》のように村人たちを次々と食い破り、なぎ倒していく。

居並ぶ村人たちが次々と爆発しては、消え去っていった。

——よし。残り、数体！

神田は駆けると、まだ立っている村人たちに向かっていった。

月光の下、肉と骨を断《た》つ音が響き、血しぶきが飛び——。

行く手をふさぐ者がいなくなると、神田はようやく六幻をふるう手をとめた。

頭の中がマグマが煮《に》えたぎっているように熱い。

ぜいぜいという、自分の喘鳴《ぜんめい》が耳障《みみざわ》りだ。

神田は足を進めた——真の敵のもとへ。

ポタポタと血がしたたり落ちる。はとんどが返り血だ。

とはいえ、胸の傷は激しく痛み、出血もとまらない。

——早めに決着をつけるしかないな。

アンジェラが腕を組んだまま、じっとこちらを見ていた。その姿は名工の手による、魔女の彫像のようだった。

「……さすがね、エクソシスト。でも私にかなうかしら？」

「ほざけ」

六幻を構えた瞬間、ふうっと体が浮いた。

気づくと、神田は白一色の世界にいた。

なんだここは？

突然の異常事態にさすがに戸惑《とまど》う。

――そうか、これがアンジェラの能力か？

真っ白の世界がぐにゃりと歪《ゆが》み――そして一瞬にして、そこは教団内の自分の部屋に変わった。

見慣れた、ベッドとテーブルしかない素《そ》っ気《け》ない部屋。

――なんだ？　幻覚か？

だが、この部屋に漂う独特のひんやりした空気、踏みしめる床の硬さ――どれをとってもまさしく教団内の自分の部屋のものだ。

——まさか、アンジェラの能力は『転移』……か?

神田は慎重に部屋を見回した。相手の能力は未知のものだ。何が起きるか予想がつかない。

しばらく様子を見てみたが、異常はない。

神田はゆっくりテーブルの上の装置に近づいた。

部屋を出たときと変わらず、蓮《はす》の花は鮮やかに咲いている。底に沈んでいる花弁は二枚のままだ。

——よかった。

一息ついた瞬間、それが合図だったかのように、ガラスの中の羊水《ようすい》がゴボリと音をたてた。

まるで沸騰《ふっとう》するかのように、羊水に無数のあぶくが浮かぶ。

蓮の花が苦悶《くもん》するかのように大きく震え——花びらの先から黒ずんでいった。

——朽《く》ちていく。

神田は息もできず、ただ蓮の花を見つめた。

力尽きたように、花びらが一枚ゆっくりと剝《は》がれ落《お》ちた。そして、残った花びらもバラバラと崩れていく。

——そんな。

　そんな馬鹿な——。

内側からゆっくり凍《こお》っていくような感覚。

絶望感がじわじわと押し寄せてくる。

——神田さん——。

ゴズの声が聞こえたような気がした。

——ゴズ。そうだ、俺はダンケルン村にいて——。

　なるほど、そういうことか。

神田は六幻を握りなおすと、一気に空間をなぎはらった。

「ぎゃあああっ!」

アンジェラの悲鳴が響いた。

そして世界は弾《はじ》け飛《と》び、神田は元通り、雑貨店の前に立っていた。

——やはり、幻覚だったか。

苦しげに腕を押さえたアンジェラがこちらを睨んでいる。たいした出血ではない。かすったただけのようだ。

「なぜ、バレた……狂おしいほど望んでいることを前にして、なぜそうも冷静でいられる！」

アンジェラの問いかけを無視し、神田は口を開いた。

「おまえの能力は相手の記憶を読み、そして相手の願望や執着《しゅうちゃく》しているものを夢として見せて惑《まど》わせるものだな」

その能力を使えば、いともたやすく子どもたちを誘い出せただろう。おいしいお菓子、おもちゃ。貧しい村では滅多に与えられない、そんなものにつられて子どもたちは魔女の小屋へ向かったのだろう。

神田はちらっと、離れた場所でこちらをうかがっているゴズを見た。

――こいつはステーキか。レベル的には幼児と同じだな。

「狂おしいほど望んでいることか……おまえが読めたのは、俺の望みのほんの表層にすぎない」

――こいつはわかっていない。あの花が朽ちる意味を。俺の真の望みを――。

「それに、俺の望みは他人に叶《かな》えられるものではない」

神田は地面を蹴った。宙で六幻を構える。

――いつか、『あの人』と再びあいまみえるその日まで――。

「六幻、災厄招来！」

――俺はアクマを倒し続ける！

「界蟲『一幻』！」

六幻から放たれた界蟲たちが、うなりをあげてアンジェラに向かっていく。

逃れようとしたアンジェラに、追いすがる界蟲たちの牙が次々とつきたてられた。

「ああっ！」

体を食い破られたアンジェラがその場に崩れ落ちた。

戦いを見守っていたゴズが、泣きそうな顔でアンジェラに向かって駆け出した。

「来ないで！」

血を吐きながらも、アンジェラが射抜《いぬ》くような強い目でゴズを睨んだ。駆け寄ろうとしたゴズが足を止める。

「私は、魔女なの！　この村の者全員、自分の父すら殺した恐ろしい魔女なのよ！」

「……知っています」

ゴズはそっとアンジェラに歩み寄った。目の前まで近づくと、おずおずと手を伸ばす。

アンジェラの目から、ふっと険《けわ》しさが消えた。

「私は魔女。……誰かの優しい手の中で、死んでいくわけにはいかないのよ」

ゴズがアンジェラに触れようとした瞬間、その体は爆発し、塵《ちり》となった。

「あ、ああ……」

ゴズが地面に手をついた。神田は静かに六幻を鞘におさめた。

アクマがすべて消え去った今、村は再び静寂《せいじゃく》を取り戻していた。

先ほどまでの死闘が嘘《うそ》のようだ。

月明かりに照らされた、漠《ばく》たる風景が目の前に広がる。

魔女を生み、そして魔女によって滅《ほろ》んだ村。

今度こそ、村は永遠の眠りについた。

——ダンケルン村の最期、か。

「行くぞ」

ゴズが力なくうなずき、そっと胸元で十字を切った。

「ソフィアさん、アンジェラさん、安らかに——」

短い黙祷《もくとう》を終えると、ゴズが歩き出した。

二人は無言のまま、帰路についた。

*

「神田《カンダ》さん！　血まみれじゃないですか！　すぐ医療室へ行ってください！」

「ほっとけ。たいして深い傷じゃない」

本部に入るなり駆け寄ってきた医療班の団員たちを振りきり、神田はまっすぐ自分の部屋に向かった。

一抹《いちまつ》の不安があった。早く、早く確かめねば。

目の前で朽《く》ちていった蓮《はす》の花。

——まさか……まさか。

ドアを荒々しく開け、神田は部屋へ足を踏み入れた。

テーブルの上に置かれた装置の中で、蓮の花は出発前と変わらない美しい姿を見せていた。

神田はほっと息をついた。

――この蓮の花は、俺の願いであり、希望を示すもの。

早くあの人を見つけなければ。まだ花が咲いているうちに――。

ドアが遠慮がちにノックされた。

神田はドアを開けた。

ドアの前に立っていたのはゴズだった。

「医療室に傷の手当てに来てください」

「……これくらいどうってことない。もう、ふさがりかけている」

「駄目《だめ》ですよ、ほら早く」

神田はため息をつき、廊下へ出た。

いきなりゴズが、がばっと頭を下げた。

「言い忘れてました。助けてくれてありがとうございます」

頭を下げたままのゴズを、神田はじっと見つめた。

アンジェラの能力を喰《く》らったときに聞こえてきたゴズの呼び声が蘇《よみがえ》った。

――あの声がなければ、もしかしたら。

「あなたが本当に冷血なら、俺のことなんか見捨てたはずです。勝手なことを言ってすいませんでした」

「くだらん」

「実際に血を流し、アクマを倒したのはあなただ。俺はただ見ていることしかできなかった。そんな俺に偉そうに情けを語る資格なんかなかったのに」

「そうだな」

だが――。

神田は消滅する前に見せた、アンジェラの憑《つ》き物《もの》が落ちたような表情を思い出した。彼女はどこか救われたような、やわらかい笑《え》みを浮かべていた。

――俺にはどうでもいいことだ。でもアンジェラにはそうではなかったということはわかる。

「戦闘において、もとから探索部隊《ファインダー》の人間に何も期待していない。謝《あやま》るのは筋違いだろ」

ゴズはまだ何か言いたげだったが、もう一度深く頭を下げると、無言で立ち去った。

医療室に入ると、待ちかねていた医療班の人間に取り囲まれた。

神田はしぶしぶ団服を脱《ぬ》いだ。

「うわ、ひどいですね」

医師が顔をしかめた。

胸には斧《おの》で裂かれた傷痕《きずあと》が生々《なまなま》しく残っている。だが、もう傷口はふさがりかけ、血もとまっている。二、三日もすれば、跡形《あとかた》もなくなるだろう。

神田はそっと左胸に刻《きざ》まれた梵字《ぼんじ》を見つめた。

――まだ、俺の体は持ちこたえられるようだ。

胸の傷に包帯がまかれていく。

だが、いつまでもつのかはわからない。

――早くあの人を見つけないと――。

ふうっと息を吐《は》いたとき、門番の声が教団中に響き渡った。

「こいつアウトォォオオ！！！」

途端に医療班にざわめきが走った。

「ええっ！」

「アクマが来たってこと!?」

彼らの不安を後押しするかのように、門番の悲鳴のような叫びは続く。

「こいつバグだ！　額《ひたい》のペンタクルに呪《のろ》われてやがる！　アウトだアウト!!」

――アクマ、か。

「あっ、まだ安静にしていないとダメですよ！」

立ち上がりコートを羽織《はお》る神田に、医師が慌《あわ》てて言った。

神田は無言で六幻《ムゲン》を手にし、窓に向かった。格子《こうし》に区切られた夜空には、丸い月が静かに座している。

窓を大きく開け、神田は窓枠《まどわく》に足をかけた。

冷たく澄《す》んだ風が髪をなぶり、団服を揺らせた。

目の前に無限に広がる虚空《こくう》。

――俺の望みはいつか叶《かな》うのだろうか。

ふっとそんな思いが胸にわきあがる。

――くだらない。今は教団本部にのこのことやってきたアクマをぶっ倒すだけだ。

遥《はる》か下、門の前に立つ、白い髪をした少年らしき姿が見えた。

――一匹、か。いい度胸だな。

闇《やみ》を切り裂くように、神田は飛んだ。

バク・チャン狂想曲《カプリッチオ》

鏡の中から見返してくるのは、知的で鋭い目をした男。

短く切ったクリーム色の髪、透《す》き通《とお》るようなグレーの瞳《ひとみ》。顔立ちは中国人だが、その色素の淡《あわ》さに西洋を感じさせる、神秘的な外見。

黒の教団アジア支部、通称『聖霊《せいれい》の家』の支部長、バク・チャンとはオレ様のことだ。

今日もびしりと決まっている。

おおっと、帽子を忘れていたな。

左胸にローズクロスのついた団服に、長い房《ふさ》のついた帽子をかぶったその姿には、誰しも気品と威厳《いげん》を感じずにはいられないだろう。

うむ、気分がいい。

扉を開けると、城の中にいるような、広々とした廊下が目の前に広がった。

重厚な造りの柱がずらりと並ぶさまは、いつ見ても壮観《そうかん》だ。

幼い頃から訪れている黒の教団本部。オレ様の第二の故郷と言ってもいいかもしれない。

ここは我が城となるべきものだ！　絶対手に入れてやる!!

そんなオレ様の輝かしい道程を阻《はば》む者がいる。

にっくきコムイ・リー。

ぽっと出の中国人で同い年。気取った眼鏡《めがね》をかけ、いつもへらへらしているスカした男だ。

当初、コムイが教団に来たとき、オレ様は歯牙《しが》にもかけなかった。妹がエクソシストというだけで、特に血筋がいいわけでも、輝くような経歴があるわけでもない、ただの中国人の男。

だが、あれよあれよというちに、コムイは室長にまで昇《のぼ》りつめた。黒の教団は、大元帥《だいげんすい》のもと、エクソシストたちに代表される『実働派』と、科学班や探索《たんさく》班、そして各地域の支部などの『サポート派』の二つに大別される。

室長とはサポート派のトップであり、班長や支部長の中から選ばれる。コムイが室長になったときは、本当に耳を疑った。

確かにイノセンス研究部門において、コムイの功績は無視できない。だが、その他の分野の開発の実績や知識の豊富さなどはすべて、オレ様が勝《まさ》っている。

そう、室長にはオレ様がなることはほぼ決まっていたというのに！

オレ様は黒の教団の創立者のひとりであるドイツ人魔術師の血筋であり、幼いときから高度な教育を受け、他を凌駕《りょうが》する知性と品性を兼《か》ね備《そな》えているというのに！

なぜだ！

なぜオレ様ではなくコムイが選ばれるのだ！

何か裏工作があったとしか思えない！

「お疲れさまです、バク支部長」

すれ違った教団員がうやうやしく頭を下げてきた。フード付きの白い団服を着ているので、おそらく探索部隊《ファインダー》の人間だろう。

「明日は全体会議ですよね。遠いところから、いつもご苦労さまです」

「なあに。ボクはそれこそアジアを中心に、世界中を飛び回っているからね。月に一回、ヨーロッパに来ることくらい、なんでもないさ」

「さすがですね！」

探索部隊《ファインダー》隊員の目に尊敬の色が浮かぶ。

「そう言えば、この間アジア支部のほうから送られた漢方薬、すごく評判がいいんですよ。眠気などの副作用もないので、重宝しています」

「ああ、あれはウチの曾祖父《そうそふ》が調合したものでね。それ以来、ずっとアジア支部では重用してきたんだ。もしよければと思って本部に送らせたんだが、やはり効果があったようだな」

「そうだったんですか。バク支部長のお家は名門でいらっしゃるから。代々優秀な方を輩《はい》出《しゅっ》してらっしゃいますものね」

「まあねえ、そう言えばウチの――」

そのとき、何かがドンと背にぶつかった。

ムッとして振り返ると、漆黒《しっこく》の鋭い双眸《そうぼう》とかちあった。

「邪魔《じゃま》だ」

そこに立っていたのは黒い団服を着た細身の男だ。

東洋系の整った顔立ち、黒い長い髪を後ろで一つに束《たば》ねた独特のヘアスタイル。

エクソシストの神田《カンダ》ユウだ。

オレ様にぶつかっておいて偉そうに！

いや、いかん、口にしては！

細身の優男《やさおとこ》だが、戦闘的なエクソシストの中でもいちばん短気で凶暴ときている。しかも、刀型対アクマ武器である六幻《ムゲン》を手にしている。気に入らないことがあれば、すぐさま抜刀しかねない。

君子危《あや》うきに近寄らず。

賢明《けんめい》なオレ様はこんな無礼な奴《やつ》と関《かか》わるつもりはない。第一、オレ様は忙しいのだ。こんな奴と話す時間も惜《お》しい！

フン！

神田などは視界から消すに限る。

探索部隊《ファインダー》の男が心配そうにこちらを見ている。

「じゃあ、私は急ぐから、このへんで。これからもしっかりやりたまえ」

「はい！」

探索部隊《ファインダー》の男がありがたそうに頭を下げた。

さて、ウォンのやつ、どこにいるのだ。廊下を見回しても姿がない。

例のものについて聞かなければならないのに——。

「あ、おはようございます」

この春の草原に鳴く小鳥のような可憐《かれん》な声は——。

「リナリーさん！」

振り返ると、リナリー・リーがいた。青みがかった艶《つや》やかな黒い髪を、いつものように活動的なツインテールにしている。その瞳は黒曜石《こくようせき》のように美しい——。

ああ、きみの笑顔の前では、天上の女神でさえも裸足《はだし》で逃げ出すだろう。

リナリーは一礼すると、きびきびとした足取りで歩いていった。すんなりした足が、団服のミニスカートから伸びている。

思わず感嘆《かんたん》のため息がもれる。

ああ、あの美しく気高いリナリーが、あのコムイの妹だなんて信じたくない。

初めてその事実を知ったとき、発作的に壁に頭を打ちつけるほどのショックを受けた。

あのときは危うく脳震盪《のうしんとう》を起こしそうになったものだ——。

ん？　手の甲がかゆい。ああ、赤いブツブツができているではないか！

もしかして、またジンマシンか？

オレ様は感情が大きく揺れるとすぐ発疹《ほっしん》が出てしまう。繊細《せんさい》な天才ゆえの悩みだ。

まずい、この件に関しては深く考えるのはやめよう。悩みすぎると、また前のように全身にジンマシンが出てしまう！

それにしてもかゆい！　ああ、かいていたら皮がめくれた！　我慢せねば！

リナリーがコムイの妹であろうが何であろうが、彼女の素晴らしさが損《そこ》なわれるわけではない。

しかし、あいつはいつもリナリーにつきまとっているな。噂《うわさ》では、寝ているコムイを起こすには、「リナリーが結婚した」と言わなくてはならないらしい。

まったく……いい年をしてシスコンとは。

なぜ、あいつはオレ様の邪魔ばかりするのだ。

考えていたらムカムカしてきた。

とりあえず、壁でも殴《なぐ》らねば気がすまない。

うりゃ！

「いたーっ‼」

飛《と》び跳《は》ねずにはいられない激痛が脳天まで走った。

頑丈な石造りの壁には、さしものオレ様の鉄拳も弾《はじ》き返《かえ》される！

「だ、大丈夫ですか、バク様！」

凄《すさ》まじい勢いで駆け寄ってきたのは、中国系の細身の男。ウォンだ。ウォンはオレ様が統括《とうかつ》するアジア支部に所属しており、オレ様の秘書のような仕事をしている。

「うう、たいしたことはない」

「ああっ、赤くなってらっしゃるじゃないですか！」

「うるさい！　平気だ！」

一喝《いっかつ》すると、ウォンは心配そうな表情をしたものの、口をつぐんだ。

ウォンは代々チャン家に仕《つか》えてきた家の出で、部下というよりオレ様個人の使用人のようなものだ。

「それより、例のものは？」

「はい、ちょうど到着したところです。お届けにあがろうとしたところでした」

「ほほう」

自然と笑《え》みがこぼれた。

全体会議が始まる前にと言っておいたが、ギリギリ間に合ったらしい。

「ここでは人目がありますので、この資料室ででも」

ウォンが手近な部屋に入った。

書類を並べた棚《たな》が連《つら》なる部屋を、ウォンが手早く一回りする。

「どうやら誰もいないようですね。バク様、『真実のお茶』です。どうぞ」

ウォンがうやうやしく、龍《りゅう》の絵が入った美しい筒《つつ》を差し出してきた。

おお……とうとうできたのか、あのお茶が。

そっと蓋《ふた》を開けると、中にはティーバッグが三つ入っていた。

「これだけか」

「はい。なにぶん、材料が限られておりまして」

「ふむ……まあいい」

コムイに飲ませるだけなのだ。三つもあれば充分だろう。

「くく……コムイめ、見てろよ」

何が科学班だ。由緒《ゆいしょ》正しきドイツ人魔術師の血を引く中国人というオレ様は、東洋と西洋の神秘をこの身に受《う》け継《つ》いでいる。

コムイなどに負けはしない。

それを見せてやる。

「くくっ」

チャン家に代々伝わる秘薬のレシピ。それに最近、中国の奥地で発見された珍しい植物を加え、自分なりに開発したこのお茶。

これを飲むと、人は隠し事ができずに本心を語ってしまう。いわば、自白剤のようなものだ。お茶なので副作用もなく、体に変調もきたさない。

つまり、何気なく飲ませることができるうえ、証拠《しょうこ》も残らないのだ。

名づけて『真実のお茶』。

フフ。これでコムイの弱みを握《にぎ》り、失脚の材料にしてやる！

ちょうど明日は教団の幹部たちが世界中から集まり、一堂に会する全体会議がある。そこで、コムイのネタをバラしてやるのだ。

これでコムイの株は下がり、やつは屈辱《くつじょく》にまみれる。こんな奴に室長を任《まか》せておけないということになるだろう。楽しみだ！

「……バク様、そんなに強く握《にぎ》り締《し》めるとティーバッグが破れてしまいます」

ウォンがおずおずと言った。

「あっ、そうだな」

大事なお茶なのだ。大切に扱《あつか》わねば。

筒に戻しておこう。たった三つしかないのだから。

「それと……このお茶は飲んでから十分ほどしか効力が続きません」

「たったの十分か？」

「はい。即効性を重視しすぎたせいか、効《き》く時間が短くなってしまいました。これからもっと改良を重ねていくつもりですが」

……試作品だからしかたないか。

「そのぶん、効き目は速《すみ》やかです。個人差はありますが、飲んでからおよそ十秒から三十秒で効力を発します。薬が効き始めると顔が赤くなる、気分が明るく開放的になるなどの変化が起きます」

「なるほど。酒でほろ酔いになったような感じになるのだな。それにしても、三十秒以内に効くのか。早いな」

「おそれいります」

「よし、さっそくお茶をいれるか。食堂に行くぞ」

「はっ！」

＊

ちょうど昼どきのせいか、やたら食堂に人が多い。

だが、コムイの姿はない。まあ、あいつの行くところなど限られている。すぐに見つかるだろう。

カウンターに向かうと、今朝《けさ》廊下で会った探索部隊《ファインダー》の男が並んでいた。

「あっ、バク支部長もお食事ですか」

「いや、ちょっと用があってね」

ウォンがうやうやしく、カウンターの隅《すみ》にあるドアを開ける。

厨房《ちゅうぼう》に入った途端、長身で筋肉質の男が飛んできた。

二つに束《たば》ねられた長い髪が揺れている。料理人のジェリーだ。ガタイがいいのに、オカマ言葉を使うという気持ち悪い男だ。コムイと仲がいいのも気に食わない。

ジェリーが笑《え》みを浮かべてこちらを見てくる。

「ああら、バクちゃん、お久しぶり～。どうしたの、厨房に入ってきちゃって」

「うるさい」

変態とまともに口をきくつもりはない。

押しのけて奥に行くか。

そのとき、ジェリーを筆頭にコックたちがずらりと前に立ちふさがった。

「な、なんだ！」

オカマとはいえ、体は男で、しかも長身筋骨隆々《りゅうりゅう》ときている。目の前に立たれると、さすがに威圧感《いあっかん》があった。

「ちょっと！　ここはアタシたちの聖域なんだから！　勝手にされちゃ困るのよ！」

「な……たかが厨房ではないか！」

よもや料理人にこんなことを言われるとは！

信じられん！

「あーら、言ってくれるわね。教団員は全員ここで食事を摂《と》るのよ？　何かあったらどうするつもりなの!?」

「まるでボクがバイ菌か何かのような言い方はやめてくれ！」

「万が一ってあるでしょ！　で、アジア支部長様がいったい厨房に何の用なのよ！」

じいっとジェリーが睨《にら》んでくる。サングラスをかけているので、余計にガラが悪く見える。

「いや、お茶をいれようと思って……」

「お茶？　何のお茶？」

ジェリーが不審《ふしん》げに問い返してきた。

「中国のお茶だ。体にいいからと持ってきたんだ。カップとポットを出してくれ」

「それならそうと言ったらいいじゃない！　はい、これ」

ジェリーがさっさと食器棚《しょっきだな》から白いカップと、おそろいのポットを出してきた。

まったくうるさいオカマだ！

ポットの蓋《ふた》を開け、ティーバッグをいれる。

さて、お湯はどれくらいいれればいいのか。

「はい、お湯よ！」

ジェリーがやかんを持ってきて、いきなりポットにお湯をそそぎだした。

「わー！　何をする！」

「何ってお湯をいれてあげてるんじゃない～」

「勝手なことをするな！　アチチチ！」

やかんは熱かった。慌《あわ》てて手を引っこめる。

「危ないでしょ！」

ジェリーは一喝《いっかつ》すると、勝手にポットにお湯をいれてしまった。

「このくらいかしら。五人分はありそうね」

「な、なんてことをするー!!」

あたふたしていると、他のコックたちが興味深そうに回りを取り囲んできた。

「へえ、中国のお茶なんですか?」

「ええ。せっかくだから、みんなで味見しましょ」

ジェリーが手早く五つのカップにお茶をそそいだ。

「あああー!」

「やめろ!」

ウォンが必死にジェリーからカップを取り上げようとするが、身長差もあってか、なかなか奪い取れない。

くっ、そう言えばジェリーの奴《やつ》、何か武道をやっていたと聞いている。体さばきが素人《しろうと》ではない。

「楽しそうですね~。何してるんですか?」

カウンター越しに、さっきの探索部隊《ファインダー》の男がのほほんと声をかけてきた。

「バクちゃんが中国茶を持ってきてくれたのよ。アンタもどう?」

「だから何を勝手に——」

「ありがとうございます！」

探索部隊《ファインダー》の男がカップを受け取ると、一気に飲《の》み干《ほ》した。

「あああ！」

ウォンが悲鳴を上げる。オレ様も喚《わめ》きたい！

「ほら、アンタたちも飲みなさいよ」

ジェリーがカップを差し出してきた。

「い、いや、ボクはいいよ。みんなのために持ってきたから……」

遠慮してみせながら、ちらっとウォンに目配《めくば》せした。

ここで二人とも飲まなかったら怪《あや》しまれるかもしれない。

——おまえが飲め！

さすがに三十年近く一緒にいた仲だ。ウォンは死刑を宣告された囚人のような面持《おもも》ちでお茶を飲んだ。

「ふうん、じゃ、バクちゃんの分はアタシがもらっちゃおう」

ジェリーもお茶を飲み干した。残りの二杯はそばにいた料理人たちが飲んだらしい。

計画が台無しだ！

そのあたりの食器を全部叩《たた》き落《お》としてやりたい！

い、いや、落ち着け！

真の標的にぶっつけ本番で飲ませるより、こいつらで効果のほどを確かめてからのほうがいいのではないか？

何事もプラス思考でいかねば！

お、探索部隊《ファインダー》の男の頬《ほお》がほんのり赤く染《そ》まってきた。おお、ウォンも。料理人たちもだ。

これは効《き》いているということか？

ジェリーがほうっと息を吐《は》いた。

「あら〜、ちょっとクセがあるけどまあまあね。う〜ん、ぽかぽかしてきた。発汗《はっかん》作用があるのかしら。これって健康にいいの？」

「まあな」

ジェリーはいつもと変わらない。

何か質問をしてみようか。

「ところでさ〜」

「な、何かな？　ジェリー」

先に言われてしまった。

「前から思ってたけどさー、アンタってそうやって帽子をかぶってると、ほんと学生みたいね」

「な、なな！」

失敬な！　オレ様は二十九歳だぞ！

「あー、それ、俺も思ってましたー」

そばにいた金髪の料理人が深くうなずいた。こいつも顔が赤くなっている。

「ちょっと小柄《こがら》でほっそりしてるし、よく見ると可愛《かわい》らしい顔をしてるんですよねー」

「こ、このっ！」

思わず唇《くちびる》をわななかせてしまった。自分より明らかに年下で、地位の低い奴にこんなことを言われるとは！

金髪の料理人が顔を引きつらせた。

「あ、あれ、おかしいな……俺、なんでこんなことを言ってるんだろ。す、すいません、バク支部長」

「で、その帽子ってハゲ隠しですか？」

興味津々《きょうみしんしん》という感じで、今度は黒髪の料理人が訊《たず》ねてきた。

「だ、誰がハゲだ！」

「うわっ、すいません。でも、前から若いのに髪がやばそうだなって……うわっ、どうしてまたこんな本音《ほんね》が！」

黒髪の料理人が必死で口を押さえる。彼の顔は真っ赤になっていた。

……ふうん、そうかなるほど。密《ひそ》かにそういうことを思っていたわけだ、こいつらは。

「し、失礼なことを言うな！　バク様は髪質が細くて柔《やわ》らかいだけですよ！」

激昂《げっこう》したようにウォンが叫んだ。

おお、よくぞ言ってくれた。さすが、オレ様のウォンだ！

「確かに絹糸《きぬいと》みたいで綺麗《きれい》なんですけどねえ、うっとりと毎日鏡を見るのはやめていただきたいんですよね。そのせいで、身支度《みじたく》に時間がかかってしまって、何度も呼びに行かなくちゃいけないし。だいたい男のナルシストなんて……あわわわ！」

ウォンが慌《あわ》てたように口に手を当てた。

ほほう……オレ様のことをそんなふうに思っていたのか。

「ち、違います、バク様、そんな冷たい目で見ないでください！」

ウォンが必死の形相《ぎょうそう》で言った。

「あ、でも、ナルシストっていうか、そういうとこありますよね、バク支部長って」

ウォンの胸倉をつかみながら振り向くと、探索部隊《ファインダー》の男と目が合った。

「いや、確かにすごい人だとは思うんですけど、なんか自慢話がくどいっていうか。特に身内とか血筋関係の話になると長いんですよねー。オレも仕事中で忙しいから、大概《たいがい》にしてほしいっていうか」

「ほう」

びきっとこめかみがひくつくのを感じる。

「え？　あれ？　俺、何言ってるんだろ。いや、ほんとバク支部長は素晴らしいってことで。あはははは」

無意味に笑うと、探索部隊《ファインダー》の男が逃げるようにして去っていく。

「あ、あのバク様……」

おずおずとウォンが声をかけてきた。その頬からは赤みが消えている。なるほど、効力は短いようだ。

「もう充分だ。行くぞ！」

「はいっ！」

食堂を出て、廊下を歩いていると、ウォンが小さな声で話しかけてきた。

「……あの、怒ってらっしゃいます？」

「いーや！　お茶の効果がどれほどのものか、おまえたちが腹の底で何を考えているのかわかった。すごい収穫だ！」

「……やっぱり怒ってらっしゃいますよね」

「これからコムイを捜《さが》しに行ってくる。おまえは部屋で報告を待て！」

「はい……」

しゅんと肩を落としたウォンが去って行く。

あああ、ムカツク！

あいつら、好き勝手言いおって！

だが、効果のほどがはっきりした。このお茶を飲むと、やはりぺらぺらと本音でしゃべってしまうようだ。しかも飲んですぐという、この即効性。素晴らしい！

……だが、あまり嬉《うれ》しくないのはなぜだ。

そっと髪に触れてみる。

……少ないわけではない。そう、髪が細いだけだ！

そうじゃなくて！　今はコムイにお茶を飲ませることだけを考えるのだ！

「ありゃ、バク支部長」

気軽に声をかけてきたのは、右目に眼帯をした赤毛の少年だった。龍《りゅう》のうろこのような模様が入った黒いターバンを、額《ひたい》の上あたりに巻いている。

ラビか。エクソシストでありながら、次のブックマン——裏《うら》歴史を記録する者——となる者。

「バク支部長もパーティーに来たんさ？」

「パーティー？　何だそれは。ボクは定例の全体会議に出席するために来たんだ」

「へえ、じゃあ呼ばれてない？」

「だから何のパーティーなんだ？」

「さあ？　とりあえず、うまいものを食わせてくれるらしいさ。コムイが主催だって」

コムイだと!?

あいつ、何を勝手にパーティーなど開催するんだ？

「そんな顔しなくっても、参加したかったらコムイに頼めばいいさ〜」

ラビの能天気な声が頭を素通りしていく。

そうだ。こんな小僧までわざわざ呼ぶくせに、なぜ教団本部に来ているオレ様に声をかけないのだ？

まあ、コムイが主催などという下賤《げせん》なパーティーに興味などないがな！

「さーて、まだ時間もあるし、ユウの顔でも見に行くさ」

そう言うと、ラビはてくてく歩き出した。

その呑気《のんき》な後ろ姿を見ていると、無性《むしょう》にイライラした。

パーティーだと？　千年伯爵が復活し、世界を破滅に導《みちび》こうとしているというのに、こんな緊張感のないことでいいのか。オレ様が室長になった暁《あかつき》には、かならずああいう奴らの性根《しょうね》を叩《たた》きなおしてやる！

そう、これから黒の教団と千年伯爵とのイノセンス争奪戦は、熾烈《しれつ》を極《きわ》めるだろう。幾《いく》人《にん》の犠牲者《ぎせいしゃ》が出るだろうか。

だが、我々は同胞《どうほう》の屍《しかばね》を乗り越え、戦わねばならない。この世界を守るために——。

そのためにはこのオレ様の頭脳を生かすしかない。コムイになど室長を任《まか》せておくのは心配だ！

「あら、バクさん」

この天女《てんにょ》のごとき声は。

期待に胸が膨《ふく》らむ。

振り返ると、やはり、リナリーがそこにいた。書類の束《たば》を抱《かか》えていて、ちょっと困った様子だ。

ああ、そんな姿も可憐《かれん》だ――。

「あ、ああこれはどうも。リナリーさん！　重そうですね。持ちましょうか？」

「え、いいんですか？　じゃあ、半分お願いします」

にっこり微笑《ほほえ》むリナリー。なんて可愛《かわい》いんだろう。

書類が半分手渡された。ああ、全部持ってあげるというのに奥ゆかしいのだから！

「どこまで行くんですか？」

「司令室です。兄に頼まれて」

「ほほう。コムイに、ですか」

口元に自然と笑みが浮かぶ。

なんという絶好のタイミング！　天はやはりオレ様の味方だ。

「ちょうどいい。実は健康にいいという中国茶が実家から送られてきたんですよ。お疲れでしょうから、それをふるまいたいですね」

「あら、そうなんですか。兄も喜ぶと思います」

フフ。やはりついている。

司令室のドアを開けると、床一面にバラまかれた紙の山が目に入る。なぜきちんと整理できないのだ、この男は。

「兄さん、お待たせ」

デスクにだらしなく座っていたコムイが、リナリーを目にした途端、嬉々《きき》として立ち上がった。

いつもは落ち着いている奴だが、リナリーを前にすると子どものように感情がむき出しになる。

「ああ、ご苦労だったね、リナリー。あれ、バクちゃんも一緒？」

「どうも、久しぶりだね。コムイ」

そのバクちゃんという呼び方はやめろというのに！

バク・チャンという名前にかけているのだろうが、全然面白《おもしろ》くないぞ！

そう怒鳴《どな》りつけてやりたいが、今騒ぎを起こすのは得策ではない。リナリーもいることだし。

ここは余裕を見せなければ。今は笑顔で乗りきるのだ！

「バクちゃんが司令室に来るなんて珍しいね。どうしたの？」

コムイの眼鏡《めがね》の奥の目が光った気がした。何か勘《かん》づかれたか？　油断のならない奴だからな。

大丈夫、あのお茶のことがバレるわけがない。平静を装《よそお》え。

「書類が重そうだからって、一緒に持ってきてくれたのよ」

「ほう、それはご親切に」

コムイの口調に若干《じゃっかん》トゲがある。オレ様がリナリーと一緒に現れたことが気に食わないらしい。

本当にこの男は筋金入りのシスコンだな。リナリーに近づく男はすべて排除しようと、いつも目を光らせている。

つくづく鬱陶《うっとう》しい男だ。

「兄さん、バクさんが中国のお茶をふるまってくれるそうよ」

「それはありがたいね。ぜひいだたくよ」

何も知らないコムイが嬉しげに言った。

くく。そうやって余裕をかましていられるのも今のうちだぞ！

「えーと、普通のマグカップしかないわ。お湯はポットのものでいいですよね」

「ええ、全然かまいません」

本当に優しくて気のきく女性だ。

カップにティーバッグをいれると、リナリーがお湯をそそいでくれる。二人の共同作業。いい感じだ。

「もういいですか？」

「そうですね。もうちょっと濃《こ》くなるまで待ちましょうか」

効き目を強くするためにも、さっきより濃いものにしたほうがいいだろう。

リナリーがお盆にマグカップをのせて、コムイの元へ歩いていく。

ふふ、今度こそうまくいきそうだ。

「あ、コムイ室長！　例のやつなんですけど！」

大声を出しながら司令室に入ってきたのは、明るい茶色の髪をした若い男。科学班班長のリーバー・ウェンハムだ。

「あ、お客さんでしたか！　ありゃ、お久しぶりです、バク支部長」

「相変わらず無意味に元気そうだね、リーバーくん」

リーバーは以前と同様、無精《ぶしょう》ひげをはやし、だらしなく白衣を着崩《きくず》している。品格のかけらもない。さすがコムイの部下だけある。

「すいません、お邪魔《じゃま》だったようですね」

リーバーが恐縮《きょうしゅく》したように言った。

その目がリナリーの持つお盆に向けられた。

「あ、どうも。喉《のど》、渇《かわ》いてたんだよね」

リーバーがお盆からマグカップをひょいと取った。

ば、馬鹿！　それは貴様のお茶ではない！

あああ、口をつけるな！

「きっさまあああ！　何をするぅ！」

リーバーがびくっとし、マグカップから手を放した。

マグカップが落ちながら、その中身を盛大に撒《ま》き散《ち》らした。その大半がリナリーの胸元

リーバーの顔がほんのり桜色に染まっている。そうか、お茶が効《き》いてきたのか。

「もう、あの人はほんと、リナリー命ですからね。寿命が縮まるかと思いましたよ」

「……そのう、アレだ。リナリーさんにはまさか、お付き合いしている男性とかいないよな？」

ついでなので確認しておくことにする。リーバーなら毎日コムイやリナリーのそばにいるから詳《くわ》しいだろう。

「いるわけないでしょう。いたらコムイ室長が闇《やみ》に葬《ほうむ》ってますよ。リナリーに下心のある男はまず近づけないでしょうね」

そうなのか……。恋人がいないというのは嬉しいが、しかし、やはりコムイの存在が邪魔だ。

じいっとリーバーが自分を見つめてくる。

「な、何だ？」

「え、いや、……バク支部長っていつも帽子をかぶってますが、その下って本当にハゲてるんですよね？」

「はあ？」

リーバーの顔がさっと青ざめた。

「あっ、しまった俺、何言ってるんだ。これは絶対秘密だって言われてたのに。すいません、俺、気づいてないってことで！　じゃあ！」

リーバーが逃げるようにして司令室を出ていった。

何を言っているのだ、あいつは？　本当も何も、ハゲてないというのに！

だいたい、秘密ってなんだ！　誰にふきこまれたんだ、そんな嘘《うそ》を！

まあ、それは置いておいて。

ティーバッグはあと一つしかない！　もう絶対に失敗はできない。

くう……。どうしたものか。

ドアのきしむ音とともに、コムイの声がした。

「あれ、まだいたの？」

司令室に入ってきたのはコムイひとりだ。

「……ああ、まあね。リナリーさんは？」

「着替えを手伝おうとしたら、蹴《け》り殺《ころ》されそうになったよ。……リナリー、ひどいよ。心配してるだけなのに」

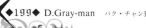

コムイが悲しそうにうつむく。

こ、この変態が！　こんな奴が兄では、リナリーもさぞ苦労しているだろう。

「さて、仕事の続きをやるか。さっさと片づけておかないと」

コムイが本の山が積まれたデスクに座る。

ん？　司令室に二人きり。これはチャンスではないのか？

誰の邪魔も入ることなく、コムイの本音を聞きだせる！

怪しまれることのないよう、さりげなく、何気なく声をかけるのだ！

「大変だな。よし、ボクがお茶をいれるよ。さっきのはリーバーが飲んでしまったからな。

疲れが驚くほどとれるぞ」

おお、我ながらいい感じだ。

「ああ、ありがとう」

コムイは何も気づいていないようだ。

カップに入った最後の一つ。よし、やってやる！

お湯をそそいで、と。お茶が出る間、世間話でもするか。

「仕事のほうはどうだい？」

「うん……忙しいね」

資料に目を落としたまま、コムイが答えた。

「教団のサポート派を統《す》べる室長の座についているというのは、キミにとっていいことなんだろうかね。キミはもっと研究に時間を費《つい》やしたいんじゃないか？」

この馬鹿は、本当にロクでもない研究に血道《ちみち》をあげるのだからな。

「ああ、確かに責任は重大だしね。雑務も気苦労も多い。だけど、それだけやり甲斐《がい》もあるから」

ソツのない答えが返ってきた。やはり正攻法ではこんなものか。

よし、お茶を出すか。

「ちょっとクセがあるかもしれないが……」

「ああ、大丈夫だよ。お茶は飲みなれてるから」

カップを差し出すと、コムイが受け取った。

さあ、いよいよだ！

心拍数《しんぱくすう》が上がってきた！

しかしコムイはカップを持ったまま、なかなか口をつけない。

「どうかしたかい?」

まさか……気づかれた?

手のひらに汗がにじみ出てくる。

コムイはへらっと笑った。

「いや、そんなに見つめられるとさ、飲みにくいよー」

「ああ、そうだよね」

とりあえず、横でも向いておくか。

「ぷはーっ! おいしいね、これ。ちょっと苦《にが》いけど」

コムイがカップを置いた。

おお、カップの中は空《から》っぽだ。一滴残らず飲み干されている。

「わざわざありがとう」

「いや、これくらいなんでもないさ」

ジェリーたちが飲んだものより濃いはず。ということは、そろそろ――。

「うーん、確かにすっきりした感じがするね。こう、心が明るくなるというか」

「あ、ああ、そうだろう?」

コムイの頬が赤くなっていく。よし！　さすがの効力だ！

「さっきの話だけどさ、やっぱり室長の仕事って、キミには荷が重いんじゃないかな」

「うーん、そうでもないよ～。それにさー、室長権限で研究費を増やせるし～。あ、これ秘密ね～。まあ、みんな知ってることだけど～」

こ、この馬鹿者が！　職権乱用ではないか！

しかしこいつの研究が役立っている一面もある。黙認《もくにん》されているのだろう。弱みとは言えない。

よし、では室長になった本当の理由を聞いてみるか！

「キミが室長になったのは……やっぱりイノセンスの研究が認められてのことなのかな？」

さあ、どうだ！　真実を言え！　どうせ汚い手を使ったのだろう？

「そうだろうね。イノセンスがこれからの戦いの鍵《かぎ》になるから、もっともそれに通じているボクが選ばれたと思うよ」

コムイがあっさり言った。

くっ、これもダメか。もっと何か聞き出さなくては。

何か、何か――。

「……なあ、おまえはボクのことをどう思ってるんだ？」

ぽろっと口をついて出た言葉。

そうだ、オレ様はこれがいちばん聞きたかったのだ。

いつもその笑顔の裏に、本音を隠しているコムイ。

いったいどんな言葉が返ってくるのだろう。

心臓が激しく打つのがわかる。

コムイがゆっくり口を開いた。

「……キミの力は皆が認めてるよ」

「え……？」

「持って生まれた天賦《てんぷ》の才に加え、幼少時から磨《みが》きあげてきた知識と経験。それは並大抵《なみたいてい》の者が得られる境地ではない。たいしたものだ。ボクは今、室長という地位にあるが、何が起こるかわからない。そのときはキミに舵取《かじと》りを任せたい」

思いがけない言葉に――いや、オレ様が優《すぐ》れているのは事実なのだが――少々驚いてしまった。まさかあのコムイがそんなことを言うなんて。

いや、『真実のお茶』を飲んでいるのだから当然か。

「ボクは室長の地位にふさわしいと思うかい？」

コムイがにっこり笑った。

「頼りにしてるよ」

不覚にもじーんとしてしまった。

いや、こいつは当たり前のことを言っただけなのだ。オレ様のほうが頭もよくて血筋もよくて、そう完璧《かんぺき》なのだから！

いや、そうじゃなくて。早くコムイから弱点を聞き出さねば！

コムイがどこか据《す》わった目でこちらを見てきた。

な、なんだ？

「そう言えば、キミ、なんでリナリーと仲いいの？」

「え……」

仲がいいだと？　もしかしてリナリーさんがオレ様のことを何か言っているのか？

「さっきだって、一緒に司令室に来たと思ったら、いちゃいちゃと二人でお茶なんかいれてさ。ボクの目の前で……」

コムイの口調がだんだん恨《うら》みがましくなってきた。

「言っておくが、ボクの目が黒いうちは、リナリーに指一本触れさせないよ？」

「な、何を言ってるんだ！　恋愛するのはリナリーさんの自由だろう？」

「恋愛!?」

コムイの声が裏返った。

「リナリーが恋愛!?」

椅子を蹴倒すようにしてコムイが立ち上がった。

「お、落ち着け、コムイ！　今のはただの喩《たと》え話《ばなし》であって……」

「うわあああああ!!」

突然、コムイがデスクの下からでかいマシンガンを取り出してきた。

な、なぜそんなものが置いてある！

「もう、ボクは終わりだー!!　リナリーがいなくなるなんてー！」

「さ、錯乱《さくらん》するな！」

「皆を殺してボクも死ぬ！」

「ひとりで死ねー!!」

マシンガンをとりあげようと腕をつかんだが、あっさりふりほどかれた。
そして、銃口が火を噴《ふ》いた。
凄《すさ》まじい炸裂音《さくれつおん》が室内に響《ひび》く。
やばい！
と、とりあえず匍匐《ほふく》前進だ！　くう、床に敷き詰められた紙の邪魔なこと！
頭の上を弾丸が飛《と》び交《か》っていき、本や資料が崩れる音が耳に飛びこむ。
振り返ってはダメだ！
ドアに辿《たど》り着くと、一気に外に出る。
「あはははははは‼」
どこか楽しそうなコムイの声が遠ざかる。
廊下に出ると、どっとイヤな汗が体中から噴き出た。
とても立っていられない。
ああ、なんてことだ。コムイの弱みを握ろうとしたら、殺されかけるとは。
まだ心臓が激しく打っている。
うう、失敗だ……。もう部屋に戻って寝るか。

「あ、いた、バクさん！」

廊下の奥からリナリーが駆けてきた。

途端に体の奥底から活力がわいてでた。

「リナリーさん！　やけど大丈夫でしたか？」

「ええ。すいません、せっかくのお茶を」

「いえ、そんなことはいいんです」

そう、もう本当にどうでもいい。あんな使えないお茶など！

「そのお詫《わ》びをしようと思って。今から食堂に来てくれませんか？」

「え……はい！」

あなたとならどこへでも！

リナリーの隣を歩く。それだけで天にも舞い上がる気持ちだ。

だが、幸せなひとときはすぐに終わった。

食堂に着くと、リナリーがドアを開けてくれた。

「さ、入ってください」

中に足を踏みいれた瞬間、わあっと歓声《かんせい》がした。

思わず硬直する。

食堂には派手な飾りつけが施《ほどこ》されており、団員たちがひしめきあっていたのだ。

「バク支部長、誕生日おめでとうございまーす！」

団員たちの大合唱にぽかんと口を開く。

なんだ？　事態がまったく理解できない。

「あ、やっぱりびっくりしてますね」

傍《かたわ》らでリナリーが嬉しそうに微笑んだ。

「最近、元気がないみたいなので、サプライズパーティーにしようって兄が提案したんですよ」

「主役が何をやってるんですか！　ほら、早く中へ入ってください！」

団員たちに押されるようにして、食堂の中央に行かされる。

途中でウォンの顔を見つけた。

「バ、バク様！」

「ウォン、貴様知っていたのか？」

「いえ、私も寝耳に水で！　さっきいきなり食堂に連れてこられたんですよ！」

おろおろするウォンが人波に飲みこまれていく。

テーブルの上にはどでかいケーキが置かれていた。ご丁寧《ていねい》に『ハッピー・バースデーバクちゃん』と書かれたプレートまでのっている。

「じゃあ、ロウソクを立てるわね！」

ジェリーがロウソクを握り締めながらやってきた。

「さっき厨房《ちゅうぼう》に入ってきたでしょう？　ケーキが見つかるんじゃないかって、皆で冷《ひ》や冷《ひ》やしちゃったわ！」

「あの」

「さ、シャンパンのグラス、皆に回して～。ほら、バクちゃんも！」

「ボクの誕生日は11月11日だが」

なんとかそれだけ言った。シャンパンのグラスを持ったジェリーの動きが止まった。

「え？」

食堂が水を打ったように静まり返った。

そして、ざわめきが起こった。

「今日って何日だっけ？」

「たしか1月4日……」

「全然違うじゃないか」

「いやー、おまたせ！　ようやく仕事が片づいたよ～」

よろよろしながら現れたコムイに、皆の目が向けられた。

「え？　何？」

「コムイ室長！　バク支部長の誕生日間違ってますよ！」

「ええ？　おっかしいなあ。1月4日と聞いたような……」

「いや、11月11日だ！」

憤然《ふんぜん》とすると、コムイがへらっと笑った。

「あっ、1が四つの日だっけ？　間違っちゃったなあ」

ムカムカする。確かにオレ様の誕生日は1が四つ！「何でも1番！」の日だが……。

「……兄さん」

「コムイ室長……」

皆の冷たい目に、コムイが慌てたように手を振った。

「ま、まあいいじゃないか！　誕生日パーティーの予行演習ということで！　ほ、ほら皆、グラスはいきわたったかい？」

その声に、団員たちはまだ納得《なっとく》のいかない表情ながらグラスを掲《かか》げた。

「では、ボクたちの尊敬するバク支部長の誕生日、じゃないや、日ごろの功績をたたえまして、かんぱーい！」

「かんぱーい！」

団員たちが、オレ様に向かってグラスを掲げた。ここはとりあえず、余裕を見せて笑顔で応じるか。

まったくコムイの奴ときたら。

「バクさん！」

リナリーがそばにやってきた。

「ほんと、ごめんなさい。誕生日を間違われるなんて、気分が悪いですよね」

「い、いや、まあ、祝ってくれるというその気持ちは嬉しいよ」

そう言うと、リナリーはぱっと顔を輝かせた。

「よかった、バクさんが心の広い人で。悪気はないので許してあげてくださいね」

「ほら、ぼけっとしてないで！　ケーキ食べてよ、ケーキ！　アンタのために作ったんだからさ」

ジェリーから切り分けられたケーキが渡される。

「あ、ああ……」

集まった大勢の団員たち。オレ様のために用意されたパーティー。

誤解はあったが、まあいい。

やはりオレ様は人望があるなあ。

そのとき、コムイが科学班の連中を引き連れてやってきた。

「実は科学班一同からプレゼントを用意しているんだ。受け取ってくれないかな」

リボンのかけられた箱が渡される。

「あ、ありがとう……」

オレ様にプレゼント？　いったい何だ？

リボンをほどいて箱を開けると、なにやら瓶《びん》が入っている。

ラベルには『画期的育毛剤』と書かれていた。

「な、ななな……」

「いや、バクちゃん、気にしてるみたいだからさー。よく鏡を見て髪型とか、帽子の角度

画期的育毛剤

とかチェックしてるでしょ？　これは科学班の出番かなーと」

コムイが楽しげに言った。

や、やっぱりこいつか！　オレ様がハゲなどという根も葉もない噂《うわさ》を流した張本人は！

「ぜひ使ってみてよ。かなりの即効性があるんだ～」

満面の笑みを浮かべるコムイに、オレ様は引きつった笑みを浮かべた。

この無礼者どもめー！

リーバーがそっと近づいてきた。

「その薬を開発するために、オレたちはほんと身を粉《こ》にして働いたんですよ。特にオレなんか、すごくつらい思いをしたんですから……。ぜひ、使ってください！」

おのれの研究結果を確かめずにはおれないと、科学班の皆の目は妖《あや》しげな光に輝いていた。

正直、怖《こわ》い。

使いたくないが、そんなに期待の目で見られたら断《ことわ》りにくい。

「……大丈夫なんだろうな、この薬」

「もちろん！　リーバー班長自《みず》から実験台になったしね！」

それなら、一回使ってやるのもいいか。

——本当に効果があるなら、いつかお世話になるかもしれないし。

いや、何を考えているんだオレ様は！

帽子をとると、ざわめきが起こった。

「あ、あれハゲてないぞ」

「でも薄い……よね？」

ひそひそと小声で言ってるつもりかしらんが、きっちり聞こえてるぞ貴様らー！

不愉快だ。さっさと終わらせよう。

瓶の口を頭皮に当てると、ひんやりした液体の感触があった。

「……これでいいんだろう？」

そう言った瞬間、頭頂のあたりがうずいた。勝手に髪を引っ張られる感触。

「うわあ！」

端《はた》で見ていた団員たちから驚愕《きょうがく》の声がもれる。

ずるりずるり。

そんな音とともに、髪がどんどん伸びてきているではないか！

髪は胸元あたりまでくると、ようやく成長をとめた。

「なっ、なんじゃこりゃー！」

「やっぱりそうなったか！」

科学班の連中が手を叩いた。

「やっぱり？」

リーバーがため息をついた。

「どうも効果が強力で短いみたいなんスよね。一気に伸びるんだけど、ほぼ二十四時間しか効力が続かないんですよ。……ちなみにそれまで、切っても切ってもその長さまで伸びますよ、たぶん」

リーバーが同情をこめた口調で言った。だが、口元は笑いを堪《こら》えるかのように震《ふる》えている。

二十四時間だと？　ということは、明日の全体会議にこの髪で出席しろと——。

「いやあ、長い髪のリーバー班長もかっこよかったよ。うん、まだまだ改良の余地ありだね。リーバー班長を見て以来、誰も試してくれなくってさ。いやー、助かったよ！」

コムイがポンと肩に手を置いてきた。

「な、なななな」

誕生日プレゼントとか言っておいて、ただの実験台だと？

なんだこの仕打ちは。オレ様が何か悪いことをしたか？

思い当たることはひとつしかない。

——まさかコムイはお茶のことを……？

コムイがにこりと笑った。

「即効性があるのは長所だけど、効力の続く時間が短いと使えないよね。薬って」

思わせぶりなコムイの口調——こちらの反応をうかがうような目。

——やはりあのお茶のことがバレてる？

いや、まさかな。

でも——。

今までお茶を飲んで本音を言っていた奴らは、自分の失言に気づいて青ざめていた。だが、コムイは一度もそんな素振《そぶ》りは……。

コムイは笑顔のままだ。何を考えているのかさっぱり読めない。

しかし、素面《しらふ》であんな暴挙に出られるものなのか。いや、こいつならやりかねないような――。
「ああ、本当だね。実用化にいたるまでには、改良を積みかさねていかないとな」
とりあえず、笑顔を返しておけ。
くそう、コムイの言葉に少しでも感激したのは間違いだった。
顔面に笑みを貼《は》りつかせているが、心は煮《に》えたぎっているぞ、コムイ！
こんなアホな薬を造りおって！
なぜこんな実験オタクが室長なのだ。やはり納得できん！
絶対いつかオレ様の前にひれ伏《ふ》させてやる！
そのときを楽しみに待っているがいい！
コムイ！

◆あとがき◆

みなさんこんにちは！　星野桂です。
D・Gがなんとノベライズになりました。（パチパチ）
これも読者の方々や自分の周りにいる皆のおかげです。
ノベライズの仕事は初めてだったこともあり、大変な時もありましたが、
担当Y氏の笑顔と愛のムチが、なんとかここまで自分を導いてくれました。
いつもはひとりで描くD・Gを誰かと共同で作り上げていくというのは
初めての体験でした。とても面白かったです。ここで得た事もたくさんありました。
素敵な物語を書き上げてくださった城崎さん、どうもありがとうございました。
また、jブックス担当S氏にも感謝します。
自分の中でも、この小説のおかげでD・Gの世界が広がりました。
それでは、城崎さんとのコラボ作品『D.Gray-man reverse 1』が
たくさんの方々に読んでいただける事を願いつつ……。
この本を読んでくださった読者の皆様、どうもありがとうございました。

星野　桂

◆あとがき◆

初めまして、城崎火也と申します。

小説版、楽しんでいただけたでしょうか。

今回は『原作では描かれていない番外編』を三本書かせていただきました。もともと番外編を読むのは大好きなのですが、いざ自分が書くとなるといろいろ考えてしまいました。自分だけでなく、読者の方たちにも読んでみたいと思えるような話になっていればいいのですが。

初ノベライズということで、いろいろ大変だったこともあったはずなんですが、すべての作業が終わった今、「楽しかった」という気持ちだけが残っています。本ができあがるのが待ち遠しいと思える仕事になって、本当に嬉しいです。

一緒にお仕事をした方には大変お世話になりました。

jブックスの担当さんであるS氏はとてもバイタリティに満ち溢れた方で、打ち合わせのたびにパワーをいただきました。何かとつまずく私に有益な助言を与えてくださったり、モチベーションをあげてくださったりしました。

星野さんの担当のY氏には、顔合わせのときに過分なお言葉をいただきました。少しでもその期待に添えていたなら嬉しいです。細かいチェックなど、ありがとうございました。

そして星野さん。

週刊連載をされている漫画家さんにお会いするのは初めてだったので、かなり緊張していたのですが、明るく気さくな方で楽しくお話をうかがうことができました。

ハードスケジュールのなか、素晴らしいイラストをあげていく仕事ぶりには感心するばかりでした。すごくプロ意識の高い方で、一緒にお仕事ができて光栄でした。

お忙しいなか、作者イラストを描いていただいてありがとうございました。邪悪な感じがとても素敵です(笑)。

そして、『D.Gray-man reverse1』を読んでくださった読者の皆様に厚くお礼を申し上げます。

城崎　火也

二〇〇五年四月

■初出

旅立ちの聖職者　　　書き下ろし
魔女の棲む村　　　書き下ろし
バク・チャン狂想曲　　　書き下ろし

D.Gray-man reverse 1 旅立ちの聖職者

2005年5月31日　第1刷発行
2005年6月30日　第4刷発行

著　者◆星野 桂　城崎火也
編　集◆株式会社　集英社インターナショナル
〒101-8050　東京都千代田区一ツ橋2-5-10
TEL 03-5211-2632(代)
装　丁◆福田記史(Freiheit)
発行者◆堀内丸恵
発行所◆株式会社　集英社
〒101-8050　東京都千代田区一ツ橋2-5-10
TEL 03-3230-6297(編集部) 3230-6393(販売部) 3230-6080(制作部)
印刷所◆共同印刷株式会社／中央精版印刷株式会社

Printed in Japan
ISBN4-08-703156-X C0093

検印廃止